রক যাত্রা

মিলু আমান

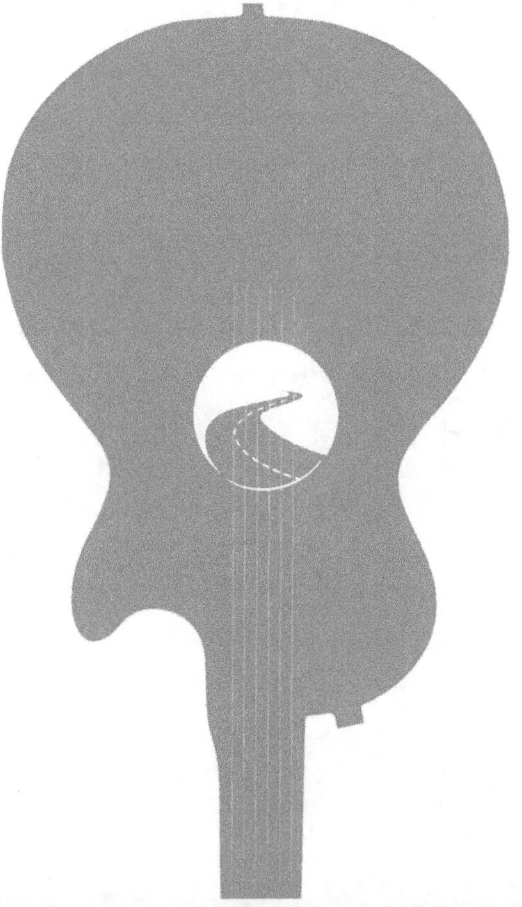

১

একটা গিটার লাগবে আমার। মা কেন জানি রাজি হয়ে গেল আজ! আমি ভাবতেই পারছি না, সত্যি সত্যি আমার নিজের একটা গিটার হতে যাচ্ছে! অবশ্য আমার এই ঘ্যান ঘ্যান অনেকদিন থেকেই চলছিল। এই গিটার চাওয়া নিয়ে মা কত বকেছে আমাকে, কিন্তু আমি হাল ছাড়ি না কখনও। একদিন মা রেগে গিয়ে বলে, "সারাদিন-রাত গান শুনে শুনে তো পড়াশোনার বারোটা বাজিয়েছিস। এখন আবার গিটার?"

আমি বললাম, "আমি তো পড়ার সময় ঠিকই পড়ি।"

"সেটা আমরা আর দেখি না? তুই পড়ার সময়ও গান শুনিস। তোর আব্বা যদি কখনও জানতে পারে..."

"আরে ওইটা তো শুধু অঙ্ক করার সময়..."

"আহা, আমরা তো আর লেখাপড়া করি নাই। আমি ইউনিভার্সিটি লাইফে আমাদের ফার্মেসি ডিপার্টমেন্টের টপ স্টুডেন্টদের একজন ছিলাম। তুই আমার থেকে বেশি অঙ্ক কষেছিস?"

"আচ্ছা যাও, এখন থেকে আগে পড়া শেষ করে তারপর গান-টান।"

"আচ্ছা, গানবাজনা তো আমরা সবাই পছন্দ করি। তাই না?"

"তাই নাকি?"

আমার বাঁকা উত্তর শুনে মা একটু উত্তেজিত হয়ে বলে, "এই যে বাসায় পুরানো সব এলিভস-ক্লিফ রিচার্ডের এলপি, এগুলো কোথা থেকে এলো? এগুলো আমার আর তোর আব্বার কালেকশন ছিল। এইসব ইংরেজি গান তোর থেকে ভালো জানি আমরা..."

“আরেহ! আমি কি সেরকম কিছু বলছি নাকি? আমি তো শুধু একটা গিটার চাইলাম।”

“না, হবে না! আর, তোর না সামনে ম্যাট্রিক?”

“ম্যাট্রিক না, এসএসসি।”

মা আবার রেগে যায়, “হ্যাঁ, জানি! তো গিটার চাস কোন সাহসে এখন? পরীক্ষা শেষ হোক, পরে দেখা যাবে।”

আমি বারবার মন খারাপ করে চলে আসি। পরীক্ষা শেষ হোক, বাবা রাগ করবে–এসবই চলে আসছিল এতদিন। কিন্তু আজকের কথা ভিন্ন, মা আজকে রাজি হয়েছে। পরীক্ষা শেষ হওয়ার পর থেকে মাকে রুটিন করে প্রতিদিন জ্বালাতন করে যাচ্ছিলাম। মাও যথেষ্ট বিরক্ত মনে হয়, নিশ্চয়ই ব্যাপারটা থেকে পরিত্রাণ চাচ্ছে। মা বলল, “আচ্ছা, ঠিক আছে দিব।”

আমার তখনও বিশ্বাস হচ্ছিল না, “আম্মা, সত্যি দিবা?”

“বললাম তো দিব! এই গিটার কিনে আমাকে উদ্ধার কর। সারাদিন এক প্যানপ্যান ভালো লাগে না। কিন্তু তোর আব্বা কিছু বললে, আমার কাছে আসবি না।”

“আরে না, সেটা তুমি চিন্তা কোরো না।”

“আরেকটা শর্ত আছে। বড় কাউকে সাথে নিয়ে কিনতে যাবি, বন্ধুবান্ধব নিয়ে গেলে হবে না।”

আমি একটু চিন্তিত হয়ে বললাম, “হু, সেটা ঠিক। ভাইয়াদের নিয়ে কিনতে গেলেও কোনো লাভ নাই। এমন কাউকে সাথে নিয়ে যেতে হবে, যে গিটার ভালো চেনে...”

“কী কিনবি সেটাও জানিস না!”

"আরে, আমি কাউকে সাথে নিয়ে যাবো কিনতে, তুমি চিন্তা কোরো না।"

"কিনতে যাওয়ার আগে আমার থেকে টাকা নিয়ে যাবি।"

একটু চিন্তা করতেই হঠাৎ মনে পড়ল আজ ছুটির দিন, পাড়ার কিন্ডারগার্টেন স্কুলে নিলয়দা আসেন। নিলয় দাশ আমাদের এলাকায় থাকার সুবাদে গিটার চর্চা এই পাড়ায় অনেক আগে থেকেই প্রসিদ্ধ। ততদিনে নিলয় দাশ এক কিংবদন্তির নাম।

নিলয়দার প্রথম অ্যালবাম 'কত যে খুঁজেছি তোমায়' আরও বছরখানেক আগে বের হয়। সেই অ্যালবামটি সব শ্রোতার পছন্দের তালিকায়। "কত যে খুঁজেছি তোমায়", "যখনই নিবিড় করে" এইসব গান তখন সবার মুখে মুখে। আর যারা গিটার ভালোবাসে তাদের জন্য সেই সব গানগুলোর গুরুত্ব যেন একটু বেশিই। নতুন অ্যালবামের কাজ নাকি শেষ, এখন শুধু বের হবার অপেক্ষায়।

রক মিউজিক তখন তুঙ্গে, আর কেউ গিটার বাজাবে কিন্তু নিলয়দার কাছে একবার আসেনি, এমনটি মনে হয় না কখনো হয়েছে। মিউজিশিয়ানরাও প্রতিনিয়ত নিলয়দার কাছে আসতো নতুন কিছু শেখার জন্য। আমি কক্ষনো শুনিনি নিলয়দা কাউকে ফিরিয়ে দিয়েছেন। নিলয়দার বাবা সুধীন দাশ নিজেও ছিলেন একজন নজরুল সঙ্গীত শিক্ষক ও শিল্পী। শিক্ষকতা ব্যাপারটা নিলয়দাও বেশ উপভোগ করতেন মনে হয়।

কিন্তু এসব নিয়ে আমার ভাবলে এখন আমার চলবে না। অনেক কষ্টে মাকে রাজি করানো গেছে। এখন নিলয়দা কিনে দিতে রাজি হন কি না, সেটাই দেখার বিষয়। বেশি সময় নষ্ট করা ঠিক হবে না, মা আবার মত পালটানোর আগেই অতি দ্রুত কাজটা করতে হবে।

২

স্কুলে অনেকদিন পরে আসা হলো। এই কিন্ডারগার্টেনেই আমার স্কুল জীবন শুরু। তখন স্কুলের অন্য নাম ছিল, মেরিগোল্ড। এখন সেটা অন্য জায়গায় চলে গেছে, এটা ভিন্ন স্কুল। এখনকার স্কুলের নাম, ব্লু-বার্ড। তবে পুরনো স্কুলের দারোয়ান চাচা রয়ে গেছেন ঠিকই। আর ঠিক আগের মতোই আছে গেইটের পাশে ঝোলানো হজমি, আচার আর টফির বয়ম। পাঁচ-দশ পয়সা মিলিয়ে আমরা যাই জমাতে পারতাম, তাই সবাই একসাথে করে টিফিন পিরিয়ডে এসব কিনে খেতাম। বলাবাহুল্য, এসবের জন্য বাসা থেকে কখনও কোনো টাকা দেয়া হতো না।

দারোয়ান চাচা আমাকে দেখে পরিচিত সুরে বললেন, "আরে তুমি? কার কাছে যাইবা?"

আমি বললাম, "জি, নিলয়দা আসছেন না, চাচা?"

"হ্যাঁ, ক্লাস নিচ্ছে ১-বি-তে। যাও।"

"আচ্ছা চাচা, আমি যাই তাহলে, কোনো অসুবিধা নাই তো?"

"আরে না। যাও, আর তোমারে কি আমি চিনি না?"

"পরে দেখা হবে, চাচা।"

আমি বেশ অবাক হয়ে গেলাম। প্রায় ১০ বছর পেরিয়ে গেল কিন্তু স্কুলের সবকিছু অবিকল আগের মতোই আছে। সেটা কী করে সম্ভব? ভেতরেও একই অবস্থা, এমনকি ক্লাস নম্বরগুলিও একই আছে!

১-বি, এটাই আমার শেষ ক্লাস ছিল এই স্কুলে। ক্লাসের দরজার কাছে দাঁড়ালাম। নিলয়দা গিটারে কিছু একটা দেখাচ্ছেন, একজনকে উদ্দেশ্য করে। কিন্তু সেই ছেলেটি কিছুতেই নিজের গিটারে সেটি করে দেখাতে পারছিল না। অন্যরাও সবাই যে যার গিটারে কিছু-না-কিছু

বাজিয়ে যাচ্ছে। সবাই লেসন প্র্যাকটিস করছে, আর আমি ওদের দেখছি।

নিলয়দা দরজার দিকে চোখ তুলে তাকালেন, "তুমি কে? আমার ক্লাসের কেউ?"

"নিলয়দা আমি এই পাড়ার ছেলে, মিলন। আপনি যেখানে থাকেন, তার কয়েকটা বাসা পরেই আমাদের বাসা, আমান সাহেব, আমার বাবা..."

"কী ব্যাপার..." কিছু একটা চিন্তা করে সাথে সাথে আবার বললেন, "আচ্ছা তুমি ভেতরে এসে বসো, ক্লাস শেষে কথা বলি। কোনো অসুবিধা নাই তো?"

"জি না, আমি অপেক্ষা করছি।"

আমি ক্লাসে ঢুকলাম, এই ক্লাসে আমার সিট ছিল তৃতীয় সারিতে। আমি সেখানেই গিয়ে বসলাম। এমনি নস্টালজিক হয়ে আছি, আবার ব্যাকগ্রাউন্ড মিউজিক হিসেবে চলছে গোটা দশেক গিটারের অর্কেস্ট্রা। কারো সাথে কারো কোনো মিল নেই যদিও, কিন্তু সবাই কিছু-না-কিছু বাজাচ্ছে। দারুণ লাগছে শুনতে।

এবার একে একে সবাই নিলয়দার কাছে লেসন দেখাচ্ছে। নিলয়দা বুঝিয়ে দিচ্ছেন কোথায় কী করতে হবে। গিটারিস্টের সংখ্যা কমতে শুরু করেছে। আমি একটু সামনের দিকে এগিয়ে বসি। মুগ্ধ হয়ে একজনের বাজানো দেখতে থাকি। অদ্ভুত ফ্ল্যামেঙ্কো সুরে গিটার বাজাচ্ছে সে এক মনে।

নিলয়দা আমাকে উদ্দেশ্য করে বলে উঠলেন, "এটা কী বাজাচ্ছে জানো?"

আমি বললাম, "জি জানি, ফ্ল্যামেঙ্কো।"

নিলয়দা অবাক হয়ে বললেন, "তুমি ফ্ল্যামেঙ্কো শুনসো?"

আমি এক গাল হেসে বললাম, "পাকো দে লুসিয়া।"

উনি একটা হাসি দিয়ে পাশে রাখা নিজের গিটারটা হাতে তুলে নিলেন। শিক্ষক-ছাত্র দুজনে বেশ জ্যামিং করতে শুরু করে দিলো, আমি হতবাক হয়ে দেখছি। যেন চোখের সামনে একটা লাইভ কনসার্ট।

এবার শেষ ছেলেটিও বিদায় নিয়ে চলে গেল। নিলয়দা বললেন, "এই ছেলেটা নারায়ণগঞ্জ থেকে আসে গিটার শিখতে। কত ডেডিকেশন।"

এরপর আমাকে উদ্দেশ্য করে, একটু ব্যাঙ্গ করেই বললেন, "তারপর পাড়াতো ভাই, কি মনে করে এসেছেন আমার কাছে?"

আমি একটু অপ্রস্তুতভাবে বললাম, "নিলয়দা একটা গিটার কিনতে চাই।"

"দোকানে যাও! সাইন্স ল্যাব পুলিশবক্সের ওইখানে ভালো গিটারের দোকান আছে।"

"জি, আমি জানি। কিন্তু আমি তো গিটার চিনি না, কোনটা ভালো..."

নিলয়দা হতাশ হয়ে বললেন, "তো আমি তোমার গিটার কিনে দিবো?"

"প্লিজ যদি দিতেন। আর আম্মা বলছে বড় কাউকে নিয়ে যেতে।
"

নিলয়দা অবাক হয়ে আমার দিকে খানিকক্ষণ তাকিয়ে থাকলেন। কী বলবেন ভাষা খুঁজে পাচ্ছেন না। হেসে দিলেন, "আচ্ছা, বিকেলে টাকা নিয়ে বাসায় চলে আইসো।"

নিলয়দাকে আর কিছু বলার সুযোগ দিলাম না, যদি আবার মত পালটে ফেলেন সেই ভয়ে। সাথে সাথে আমি বলে উঠলাম, "থ্যাংক ইউ, নিলয়দা।"

বলেই আমি সোজা রওনা দিলাম। নিলয়দা বলে উঠলেন, "এই, তুমি আমার বাসা চিনো?"

"অবশ্যই চিনি।"

বলে এক দৌড়ে স্কুল থেকে বের হয়ে চলে আসি।

৩

আহ! আমার একটা নিজের গিটার হতে যাচ্ছে। কী দারুণ ব্যপার!

ধুর, কেন যে নিলয়দাকে বাবার নাম বলতে গেলাম, এখন কেমন লজ্জা লাগছে। নিশ্চয় অনেক বোকার মতো লেগেছে শুনতে। কিন্তু আমাকে তো চিনে না, চেনার কোনো কারণ নেই ওনার।

রাস্তায় যে কয়েকবার দেখা হয়েছে, আমি দাঁত কেলিয়ে বলেছি, "কেমন আছেন, নিলয়দা?"

উনি ভদ্রতার খাতিরে প্রতিবারই উত্তর দিয়েছেন, ভালো। হয়তো না চিনেই।

কিন্তু আমি এবার বেশ একটা অসম্ভব কাজ করে এলাম। নিলয়দা যে এত সহজে রাজি হয়ে যাবেন তা কিন্তু আমি ভাবিনি, বরং না করে দেয়াটাই উনার জন্য স্বাভাবিক ছিল। যাক, তাও মার কথাটা বলাতে কাজ হয়েছে মনে হয়, নিলয়দা কথাটা ফেলতে পারেননি। এখন মা টাকাটা ভালোয় ভালোয় দিলে হয়। আবার বেঁকে না বসে।

বাসায় ঢুকেই মাকে পেয়ে গেলাম। আমি বললাম, "আম্মা, জলদি টাকাটা দাও। নিলয়দা আমার সাথে যাবে গিটার কিনতে।"

মা অবাক হবার ভান করে বলে, "কীসের টাকা জানি?"

আমার আক্কেল গুড়ুম হয়ে যাওয়ার অবস্থা। যা ভেবেছিলাম তাই কি ঘটতে যাচ্ছে নাকি? আমি ভয়ে ভয়ে বলি, "মানে? সকালে না বললা দিবা। আমি নিলয়দার সাথে কথা বলে আসছি, একটু পর টাকা নিয়ে যাওয়ার কথা, আর তুমি এখন..."

মা হেসে, "কত লাগবে?"

"পনেরশ টাকা।"

মা আঁতকে উঠে, "কী! একটা কাঠের গিটারের দাম এত?"

"দেশিগুলা কম।"

"এহ, আমি পাঁচশ টাকার এক টাকাও বেশি দিব না।"

"আরেহ, দেশি গিটারের দামই তো সাত-আটশো টাকা।"

"যা, সাতশো নিয়ে যা..."

"কিন্তু নিলয়দা বলছেন, নতুন অবস্থায় দেশি গিটার ধরতে একটু কষ্ট হবে।"

"তোর নিলয়দাকে বলিস, আমি বলেছি, শিখতে হলে একটু কষ্ট করতেই হয়। এই ধর, এক হাজার।"

মা টাকাটা হাতে গুঁজে বললেন, "দ্যাটস হোয়েন ইউ সে, থ্যাংক ইউ।"

আমি সেটা না শুনে বলে উঠলাম, "আমি বাকি টাকা কই পাবো এখন? দেশি গিটার কিনতে নিলয়দাকে নিয়ে যাব নাকি?"

"জানি না, তখন থেকে এক নিলয়দা নিলয়দা..."

মা গজগজ করতে করতে চলে গেলেন।

আমি একটু গলা উঁচিয়ে বললাম, "আচ্ছা, থ্যাংক ইউ।"

আমি বোকার মতো টাকাটা নিয়ে দাঁড়িয়ে আছি। মেজ আপা হঠাৎ কোথা থেকে এসে খপ করে হাত থেকে টাকাটা নিয়ে দিলো ছুট। তার পিছনে পিছনে সারা বাসা জুড়ে আমিও দৌড়াচ্ছি।

"মেজাপ্পি, টাকাটা দাও, আমার গিটারের টাকা। আম্মাকে অনেক কষ্টে রাজি করিয়ে নিয়েছি।"

"ও, ভালোই তো পটালি আম্মাকে।"

টাকাটা ফেরত দিয়ে দিল একটু পর। কিন্তু আমি সেই টাকা নিয়ে দাঁড়িয়ে আছি। তাই দেখে মেজ আপা বললো, "দাঁড়িয়ে আছিস কেন, যাবি না কিনতে?"

"কিন্তু আমার আরও পাঁচশ টাকা লাগবে।"

"ও তাই? আমি দিতে পারি, কিন্তু দিব না।"

বলে হা হা করে হাসতে লাগলো মেজ আপা। আমি জিজ্ঞেস করলাম, "তুমি এত টাকা কোথায় পেলে?"

"ইস! আমার জমানো টাকা, অনেক কষ্টে জমানো।"

আবার একটু মন খারাপের ভান করে করে বললো, "কিন্তু টাকা দিয়ে কী করি, সেটা চিন্তা করছি...দান করে দিলে কেমন হয়?"

আমি কাতর স্বরে বললাম, "এই আমায় দে না..."

"আবার, তুই-তোকারি করছিস? আমি না তোর বড়! দাঁড়া আপ্পিকে জানাচ্ছি..."

"আচ্ছা প্লিজ, দাও না, আমি না তোমার কত কাজ দেই?"

"কবে? যা ভাগ। তুই কেরে কালা?"

নিজের ঘরে ঢুকে ভেতর থেকে দুম করে দরজা বন্ধ করে দিল মেজ আপা।

আমি স্তব্ধ। প্রায় মানিয়ে এনেছিলাম। এটা আমি কী করলাম। এই সময় মেজ আপা আবার দরজা খুলে, আমার দিকে একে-একে একশো আর পঞ্চাশ টাকার নোট ছুঁড়ে ফেলতে লাগলো।

আর বলতে লাগলো, "গো কুন্তাকিন্তে, আমার জন্য একটা গিটার নিয়ে আয়।"

আমি টাকা কুড়চ্ছি, আর হাসতে হাসতে বললাম, "থ্যাংক ইউ, রেসিস্ট আপ্পি... না না, মেজাপ্পি।"

মেজ আপা টাকা দেয়া বন্ধ করে বলল, "কী বললি? সালাম কর, না হলে আর দিব না।"

আমি আর কিছু চিন্তা করলাম না। সোজা মেজ আপার পায়ে পড়ে গেলাম। মেজ আপা হাসতে হাসতে বাকি টাকাটা দিয়ে বলল, "তাড়াতাড়ি যা, বাবা আসার আগে কিনে নিয়ে আয়।"

তারপর একটু চিন্তা করে বলল, "আচ্ছা, রাখবি কই?"

আমি বললাম, "কেন? আমার ঘরে রাখবো?"

"আব্বা দিবে নে।"

"আব্বা জানলে তো..."

আমার কথা শেষ হওয়ার আগেই সে আবার ঘরের দরজা দুম করে বন্ধ দিল।

আসলেও তো? এতক্ষণ তো এটা চিন্তাই করি নাই। গিটারটা বাবাকে লুকিয়ে রাখবো কীভাবে?

৪

নিলয়দার বাসার সিঁড়ি দিয়ে উঠছি। সেখান থেকেই গিটারের টুংটাং শব্দ শোনা যাচ্ছে। বেশ মেলোডিয়াস। কী করে এত অদ্ভুত সুন্দর গিটার বাজায়? আচ্ছা নিলয়দা কি সারাদিনই গিটার বাজায় নাকি?

ঘরের দরজা খোলাই ছিল। ভেতরে আরও দুজন ছিল। তারা সবাই নিলয়দার নতুন টিউনটা নিয়েই কথা বলছিল। আমাকে দেখে নিলয়দা বললেন, "ও তুমি এসেছ? আসো ভেতরে আসো।"

ঘরে ঢুকে অন্য একটা গিটারের দিকে আমার চোখ যায়। গিটারটা একটু আলাদা করে যত্নে রাখা। দারুণ একটা গিটার, বিদেশি কোনো অ্যাকোস্টিক হবে। গিটারের গায়ে একজন গিটারিস্টের স্টিকার লাগানো। স্টিকারের সেই গিটারিস্টের হাতে একটা পোলকা-ডটেড ফ্লাইং ভি-গিটার।

নিলয়দা বললেন, "স্টিকারের গিটারিস্টটা কে বলতে পারবা?"

আমি সঙ্গে সঙ্গে বললাম, "র‍্যান্ডি রোডস।"

"আমার খুবই প্রিয় একজন গিটারিস্ট। ব্ল্যাক সাবাথ ছেড়ে ওজি, র‍্যান্ডিকে নিয়ে ব্যান্ড করে। নিয়োক্ল্যাসিক্যাল মাস্টার ছিল।"

আমি বললাম, "প্লেন অ্যাক্সিডেন্টে মারা গেছে...আপনিও তো নিয়োক্ল্যাসিক্যাল মাস্টার, তাই না, নিলয়দা?"

আমার কথা যেন নিলয়দা শুনতে পাননি। তিনি বলতে লাগলেন, "জানো, এই গিটারটা হ্যাপির ছিল। আমার বন্ধু হ্যাপি আখন্দ। ও নেই, ওর গিটারটা শুধু আছে আমার কাছে, স্মৃতি হিসেবে..."

কথাগুলো বলতে বলতে নিলয়দা কেমন ইমোশনাল হয়ে গেলেন। এ রকম পরিস্থিতিতে কী বলে সান্ত্বনা দিতে হয়, তা আমার জানা ছিল

না। বন্ধু হারানোর মতো এত বড় ঘটনা আমার জীবনে তখনও ঘটেনি। আমি কিছুই বলতে পারলাম না। শুধু নিজের করা প্রশ্নের উত্তর দিলাম, "আপনি আসলেই মাস্টার অফ অল গিটারিস্ট, নিলয়দা।"

নিলয়দা নিজেকে একটু সামলে নিয়ে বললেন, "চলো চলো, তোমার গিটারটা কিনে আনি, আমার আবার কাজ আছে পরে।"

আমি মনে মনে ভাবলাম, গিটার বাজানোও একটা কাজ। কী মজা নিলয়দার। অন্য দুজনও আমাদের সাথে রওনা দিল। ঠিক হলো, দুইটা রিকশা নিয়ে আমরা সাইন্স ল্যাবের সব কয়টা গিটারের দোকানে খুঁজতে যাবো। নিলয়দা ওদের দুজনকে বললেন, "তোরা একটায় ওঠ, আমি আর...কী জানি তোমার নাম?"

"মিলন।"

"হ্যাঁ, মিলন আর আমি অন্যটায় উঠছি।"

আমার আনন্দে বাকুমবাকুম অবস্থা। নিলয়দা নিজে গিয়ে গিটার কিনে দিবেন, আবার সে গিটার কিনতে আমরা একসাথে যাচ্ছি। নিলয়দা রিকশায় উঠে বললেন, "কিসে পড় তুমি, মিলন?"

"ম্যাট্রিক দিলাম।"

"ম্যাট্রিক বলছ কেন? এটা তো এখন এসএসসি তাই না? আমাদের সময় ম্যাট্রিক ছিল।"

"সেই জন্যই বললাম।"

"যেন আমি এসএসসি বললে বুঝতাম না। তুমি তো দেখি খুব অদ্ভুত ছেলে!"

পথে আরও অনেক কথা হলো। গান নিয়েই বেশির ভাগ। তিনি একটু অবাকই হলেন আমার সাথে কথা বলে। মনে হলো বেশ মজাও

পাচ্ছেন। একসময় দুই হাত সারেন্ডারের মতো করে তুলে হাসতে হাসতে বললেন, "বাপ রে! তুমি তো দেখি দুনিয়ার সব কিছু শুইনা ফেলসো। আমি তো ভাবসিলাম খালি রক, হেভি মেটাল শোনো। আমিও তো মনে হয় এত কিছু শুনি নাই। এত টাইম পাও কই? লেখাপড়ার নিশ্চয় খারাপ অবস্থা।"

আমি হেসে ফেলি, তিনিও হাসতে থাকেন।

এই ধরনের কথা আমাকে প্রায় শুনতে হতো। ব্যাপারটা আসলে তেমন জটিল কিছু না। আমি সাত-ভাই-বোনের মাঝে সবচেয়ে ছোটো। সবচেয়ে বড় ভাইয়ের সাথে আমার বয়সের ব্যবধান পাক্কা দশ বছরের। ভাইয়া যখন পিঙ্ক ফ্লয়েডের 'ওয়াল' শুনছে, তখন আমার বয়স পাঁচ। মা শুনতো ক্ল্যাসিক সব গান। বড় আপা পছন্দ করত কান্ট্রি মিউজিক আর ব্যালাডস, আশির দশকের ডিসকো আর তারপর মাইকেল জ্যাকসন। সেসময় পপ মিউজিক আমাদের লাইফ স্টাইলের অংশ হয়ে যায়। তারকাদের সাজে সাজা এক ধরনের ফ্যাশন হয়ে ওঠে। এমনকি সে সময় 'জ্যাকসন শ্যু নামে জুতো বের হল, মাইকেল জ্যাকসন যে জুতো পরে 'মুনওয়াক' করেছিল, সে রকম জুতো। ঈদের আগেরদিন মা কিনে দিয়েছিল জুতো জোড়া। পায়ে দিয়ে আমি সারাদিন মুনওয়াক প্র্যাকটিস করি, রাতে ঘুমিয়েও পড়ি জুতো পায়ে। কিন্তু মাইকেল জ্যাকসন তো আর হ্যাট ছাড়া হয় না, একটা তালপাতার তৈরি হ্যাট জোগাড় করলাম। ভাবতে গেলে এখনও চমকে উঠি, সেবার ঈদে আমি মোটামুটি পুরো ঢাকা শহর সেভাবেই ঘুরে বেড়িয়েছিলাম!

ডিসকোর সাথে যুক্ত হলো 'নিউ ওয়েভ' মিউজিক আর সে ধরনের গানই সব পপ চার্টে আসতো। বিটিভিতে 'সলিড গোল্ড' আর 'টপ অফ দ্য পপস' দেখাতো। বেলবটম প্যান্ট আর বাহারি শার্ট তখনের হালফ্যাশন ছিল। প্যান্টের নিচের দিকটা অনেক চওড়া থাকতো। চারিদিকে যখন বেলবটমে সয়লাব, ঠিক সেসময় মেজ ভাই পাঙ্ক রক স্টাইল ধরল। ডেভিড বাউই থেকে শুরু করে র‍্যামন্স কোনো কিছুই বাদ থাকত না, বাহারি চুল আর জিন্স প্যান্ট কেটে ছিঁড়ে করত একাকার!

ভাই-বোনের জন্য সেসময় একটা ঘরকে বাবা স্টাডি রুম বানিয়ে দিয়েছিলেন। আমরা 'পড়ার ঘর' বলতাম। সে ঘরে শুধু সাতটা চেয়ার আর সাতটা টেবিল ছিল। ভাইয়ার যেদিন মুড ভালো থাকত, সেদিন আমরা 'স্টার ট্রেক' খেলা শুরু করে দিতাম। যার যার টেবিল, তার বেজস্টেশন। ভাইয়া ক্যাপ্টেন কার্ক; কখনও বড় আপা, কখনও মেজভাই স্পোক। আমাদের মিশন অনুযায়ী কে কী হবে, ক্যাপ্টেন ঠিক করে দিত। একটা চেয়ারকে একটু দূরে রেখে সেটাকে 'ট্রান্সপোর্টার' বানানো হতো, ওটার উপর উঠে দাঁড়িয়ে বলতাম, 'এনারজাইজ'। একটুক্ষণ স্টিল হয়ে দাঁড়িয়ে, সোজা এক ঝাঁপ দিয়ে কাছের টেবিলের নিচে ঢুকে যেতাম। তারপর এক টেবিল গলিয়ে অন্য কয়েকটা টেবিল পার হয়ে অন্য দিক দিয়ে বের হয়ে আসতাম। আমরা ভাইবোন সবাই মিলে গ্যালাক্সি থেকে গ্যালাক্সি ঘুরে বেড়াতাম। এক সময় আমি সারা বাসার উঁচু জায়গাগুলোকে 'ট্রান্সপোর্টার' বানিয়ে ফেললাম। আর যাকেই কাছে পাচ্ছি তাকেই বলতাম, 'এনারজাইজ'। আমার এই অত্যাচারে সবাই বিরক্ত হয়ে এক সময় 'স্টার ট্রেক' খেলাই ছেড়ে দিল।

আবার কখনও পড়ার ঘরের টেবিলগুলো সব একসাথে করে, লাউড ভলিউমে গান ছেড়ে নাচানাচি শুরু করে দিতাম। কখনও স্টেজ বানিয়ে পালা করে গান করতাম, আবার নাটকের রিহার্সাল দিতাম। পরে বাবা-মার এনিভার্সারির সময় তাদেরকে সামনে বসিয়ে পারফর্ম করতাম। রাজা-রানি, তলোয়ার যুদ্ধ, গান, নাচ, ম্যাজিক–কিছুই বাদ দিতাম না। আর পারফরমেন্সের বিষয়টা আমরা একটু বেশি সিরিয়াসলি নিতাম। নিজেরা মিলেই পুরোদমে একেকটা সাংস্কৃতিক সন্ধ্যার আয়োজন করে ফেলতাম, দর্শক কেবল বাবা-মা–দুইজন থাকত। এইসব করতে গিয়ে আমরা প্রচুর পরিকল্পনা করে ফেলতাম। এমনকি স্টেজ আর বাবা-মার মাঝখানে স্টেজ কার্টেনের ব্যবস্থাও করা হতো। দড়ি ধরে বিশেষভাবে টানলে পর্দা আস্তে আস্তে সরে আসতো!

*

আমাদের রিকশা সাইন্সল্যাব পুলিশবক্সের কাছে একটা গিটারের দোকানের সামনে এসে থামল। নিলয়দাকে নামতে দেখেই দোকানি এগিয়ে এসে বললেন, "কিছু দেখবেন, নিলয়দা?"

এসব জায়গায় নিলয়দার যেন আলাদা রকমের কদর। নিলয়দা বললেন, "হ্যাঁ, গৌতমদা, গতকাল এসে একটা গিটার বাজালাম না কিছুক্ষণ..."

"আছে, এখনও বিক্রি হয় নাই, নিয়া আসছি।"

নিলয়দা বললেন, "মিলন তোমার ভাগ্য অনেক ভালো, একটা ভালো গিটার পাইলা মনে হয়।"

"তাই নাকি!"

"গতকালকেই একটা গিটার দেখে গেছিলাম। বেশ মিষ্টি সাউন্ড গিটারটার, সুইট সাউন্ডেড। অনেকদিন পর একটা ভালো জাম্বো গিটার হাতে পড়ল। ইউ আর লাকি।"

আমি খুশি হয়ে, "থ্যাংক ইউ, থ্যাংক ইউ", বলতে লাগলাম।

নিলয়দা খানিকটা বাজালো আর গিটারটাকে উলটেপালটে কী কী জানি দেখলো। নিলয়দা দোকানিকে বললেন, "গৌতমদা গিটারটা দিয়ে দেন এই ছেলেটাকে।"

দোকানি বললেন, "নিলয়দা, এটার দাম কিন্তু দুইশ টাকা বেশি।"

এই কথা শুনে আমার মাথায় আকাশ ভেঙে পড়ল। আমার গিটার কেনা আর হলো না বোধহয়, আমি একদম চুপসে গেলাম। নিলয়দা বলছেন, "কেন, গৌতমদা? এইসব গিটার তো অনেক দিন ধরেই পনেরশ করে কিনছি।"

"গিটারটা যে ভালো সেটা আপনিই বললেন। বিশ্বাস করেন, গিটারটা যেই একটু বাজায়, সেই নিয়ে নিতে চায়। কিন্তু দাম বেশি শুনলে আর নিতে চায় না। আমিও ঠিক করেছি, এই দামেই রাখব। যে আসল কদরটা বুঝবে সেই নিবে এই গিটার। আবার কয়েকদিন হলো দামও কিন্তু একটু বেড়েছে। কিন্তু আপনার কথা আলাদা নিলয়দা, আপনি নিতে চাইলে পনেরশ দিয়েই নিতে পারেন।"

নিলয়দা আর কথা না বাড়িয়ে নিজের পকেট থেকে ২০০ টাকা বের করে দিয়ে দিলেন। গিটারটা আমরা সত্যি নিয়ে নিলাম। রিকশা করে এবার ফিরছি। আমি তখনও কোনো কথা বলতে পারছিলাম না। তাই দেখে নিলয়দা বললেন, "কি পাড়াতো ভাই, গিটার পছন্দ হয়েছে?"

"জি নিলয়দা, কিন্তু আপনি টাকাটা দিলেন..."

"আরে এইসব নিয়া পরে চিন্তা কইরো। গিটারটা আসলেই খুব ভালো, তাই হাতছাড়া করতে চাই নাই। একটা ভালো গিটার পাইছো, এটাই আসল কথা।"

"থ্যাংক ইউ এগেইন, নিলয়দা।"

"গিটারটা কয়েকদিন যদি টানা বাজানো যেতো, ফ্রেটবোর্ড পুরা মাখনের মতো স্মুদ, মানে মসৃণ হয়ে যেত।"

"তাহলে আপনার কাছেই থাক। আপনি নিয়া বাজান কয়েকদিন, প্লিজ।"

"কী বলো?" নিলয়দা আকাশ থেকে পড়লেন যেন, "মাত্র কিনলা গিটারটা। বাসায় নিয়া যাও। আমার কাছে রেখে যাবা কেন?"

"অসুবিধা নাই, নিলয়দা। থাক আপনার কাছে। আর আমি এরমধ্যে গিটারটা ভালোমতো রাখার একটা জায়গাটাও ঠিক করি।"

গিটারটা এতক্ষণ নিলয়দার হাতেই ছিল, তিনি আমার দিকে একটু বাড়িয়ে দিয়ে বললেন, "আরে না, নিয়া যাও তো!"

আমি একটু সরে বসে, "থাক, নিলয়দা, আপনার কাছেই থাক।"

উনি একটু বিরক্তি নিয়েই বললেন, "তোমার বাসায় কি বলবা...অ্যাঁই ছেলে, তোমার বাসায় জানে তো যে তুমি গিটার কিনছ?"

আমি চলন্ত রিকশা থেকে এক লাফ দিয়ে নেমে পড়ি। নিলয়দার চোখে অবাক দৃষ্টি, মনে হয় বোঝার চেষ্টা করছেন আমি কোন ধরনের পাগল। আসলে, কথা বলতে বলতে রিকশা প্রায় আমাদের বাসার গেটের কাছে চলে এসেছে। রিকশা পেরিয়ে যাচ্ছে, আমাদের বাসাটা দেখিয়ে একটু উঁচু গলায় বললাম, "নিলয়দা, এটাই আমাদের বাসা। সন্ধ্যা হয়ে গেছে, আর দেরি করলে আব্বা বকবে। আমি কালকে আসছি।"

নিলয়দা উত্তর দিলেন, "আজব তো..." তারপর তিনিও একটু উঁচু গলায় বললেন, "ভালো কিছু শোনার মতো ক্যাসেট নিয়ে আইসো, কালকে আসার সময়।"

তিনি হাসতে লাগলেন, রিকশা একটা বাঁক নিয়ে আড়াল হয়ে গেল। আমিও উচ্চস্বরে "আচ্ছা" বলে বাসায় ঢুকে পড়লাম।

বাসায় ঢুকতেই প্রথমেই মেজ আপা, আমাকে খালি হাতে আসতে দেখে হুংকারের সুরে বলল, "কই, আমার গিটার কই? টাকা নিয়ে কী করলি..."

"আস্তে...গিটার নিলয়দার কাছে। উনি কয়েকদিন বাজালে অনেক স্মুদ মানে মসৃণ হয়ে যাবে। বুঝছ?"

"কী বলছিস, গিটার কিনে আবার দিয়ে আসছিস? এই তোর মাথা ঠিক আছেতো?"

“জি, পারফেক্ট। আর ওইটা তোমার গিটার না, আমার।”

মেজ আপা হঠাৎ চটে গেল। আঙুল তুলে শাসানোর ভঙ্গিতে বলল, “বুঝিস কিন্তু, আমি টাকা যেমন দিয়েছি, তেমনি আমি কিন্তু এক আছাড় দিয়ে গিটার ভেঙেও ফেলতে পারি নিমিষে। আমার কোনো কষ্টই লাগবে না।”

আমি থতমত খেয়ে তাড়াতাড়ি বলি, “আরে না-না, আচ্ছা যাও, আমাদের গিটার।”

মেজ আপার একদম বিশ্বাস নাই, সে আসলেই ভেঙে ফেলতে পারে।

“আসলে, গিটারটা রাখার একটা জায়গা লাগবে তো। তাই সেটা ঠিক করে তারপর নিয়ে আসব।”

“লুকিয়ে রাখবি?”

“হ্যাঁ, না হয় আর কীভাবে?”

“খাটের নিচে রাখতে পারিস। একটা পুরনো ছোট কার্পেট আছে না? ওইটাতে তোর সাধের গিটারকে শুইয়ে দিস, তারপর সোজা খাটের তলে...”

“গুড আইডিয়া!”

“এই কালা, তোর গিটারটার রং-ও কি তোর মতো কালা?”

“ওমা, কাঠের গিটার আবার কী রঙের হবে? উড কালার! কী যে তোমার সব প্রশ্ন।”

“এহ, আসছে আমার গিটার বিশারদ। একদিন নিলয়দার সাথে ঘুরেই এই অবস্থা? তোর গিটার আব্বা দেখলে, আছাড় দিয়ে ভেঙে ফেলবে, আমার আর ভাঙতে হবে না...”

বলে সে আবার তার ঘরে ঢুকে, দুম করে দরজা লাগিয়ে দিল।

আমিও চলে আসি আমার রুমে। মেজ আপার আইডিয়াটা মন্দ না। সেই ছোট কার্পেটটা এখন কই পাই? খুঁজে বের করা দরকার।

৫

নিলয়দার বাসায় জম্পেশ আড্ডা চলছে, আমাকে দেখে নিলয়দা বললেন, "তো মিলন সাহেব, কিছু আনলেন আমার শোনার জন্য?"

আমি নিলয়দার হাতে দুইটা ক্যাসেট দিতে দিতে বললাম, "এই নেন।"

"এটা কী?"

"বার্লিন ওয়াল কনসার্ট।"

"রজার ওয়াটার্স। বার্লিন ওয়াল ভাঙার পর যে শোটা করলো। কিন্তু এটার তো বেশি দিন হয় নাই।"

তিনি একটু অবাক হলেন, কিন্তু বেশ খুশি হলেন মনে হলো, "খুব ভালো করসো। আমার এখনও শোনা হয় নাই। আরে, অরিজিনাল ক্যাসেট নাকি?"

আমি হেসে বললাম, "ইন্ডিয়ান অরিজিনাল। আমার মেজ ভাই আলীগড়ে পড়ে, ও এনে দেয়। ক্যাসেটগুলো দেখতে ভালো, অ্যালবাম কভার-ব্যাক, লিরিকও থাকে। কিন্তু টেপ কোয়ালিটি বেশি সুবিধার না।"

"স্নোই হোয়াইট গিটারে, তাই না? গ্রেট হোয়াইট ব্লুজম্যান।"

নিলয়দা রীতিমতো ক্যাসেট দুটো খুলে পড়তে শুরু করে দিলেন। তিনি হঠাৎ বলে উঠলেন, "ও হ্যাঁ, জেমস গ্যালওয়ে 'গুডবাই ব্লু স্কাই' গানটাতে ফ্লুট বাজাইছে, জনি মিচেলের সাথে। আমি এটা শুনতে চাচ্ছিলাম অনেকদিন ধরে। গ্যালওয়ের বাঁশি, আহা দারুণ। শুনছো আগে?"

আমি বললাম, “জি না। এইটাতেই প্রথম চিনলাম।”

নিলয়দা হেসে উঠে বললেন, “যাক, একটা তো পাওয়া গেল, যেটা তুমি আমার আগে শুনো নাই।”

বলে আরও জোরে হোহো করে হেসে উঠলেন।

আমরাও আড্ডাতে যোগ দিলাম। অনেক গল্প হলো, শুধুই মিউজিক নিয়ে। নিলয়দা তার গিটার শিখার প্রথম দিকের ঘটনা বললেন—এক একটা গিটার কর্ড কত কষ্ট করে তিনি চিনেছেন। এক কোরিয়ান ভদ্রলোক নিলয়দাকে কয়েকটি কর্ড দেখিয়ে দিয়েছিলেন, সেগুলিই তিনি রাতদিন প্র্যাকটিস করতেন।

এক ফাঁকে তিনি বললেন, “তোমার লেসন নিবা না? তোমার সবচেয়ে আগে আঙুল ফ্রি করতে হবে। গিটারটা আনো ওইখান থেকে...”

প্রথম লেসনটা ঠিক পছন্দ হইল না। বাঁ হাতের চার আঙুলের এক ধরনের ব্যায়াম বলা যায়! প্রথম আঙুল দিয়ে গিটারের প্রথম ফ্রেট ধরে, দ্বিতীয় আঙুল ক্রমাগত দ্বিতীয় ফ্রেটে পঞ্চাশ বার, তৃতীয় আঙুল তৃতীয় ফ্রেটে পচাত্তর বার, আর সবচেয়ে দুর্বল আঙুল দিয়ে চতুর্থ ফ্রেটে একশ বার। এভাবে ক্রমান্নয়ে ছয় তারে করতে হবে। শুধু তাই না, নিলয়দা বললেন, এটা করার সময় অবশ্যই যেন সাউন্ড হয়! যেটা আমি কিছুতেই করতে পারছিলাম না।

কোথায় আমি ভাবলাম কয়েকটা কর্ড শিখব। আমার নাকি সেটার এখনও অনেক দেরি আছে।

*

এরপর থেকে নিয়মিতভাবে অনিয়ম করে নিলয়দার বাসায় যাওয়া শুরু করলাম। যেদিন যাওয়ার কথা সেদিন যাই না, এমনকি লেসন ঠিকমতো শেষ করি না।

নিলয়দা একবার বেশ রাগ হয়ে বললেন, "এই তুমি স্কুলের ক্লাসে আসো না কেন? এভাবে তো কিছু শিখতে পারবা না। এখন থেকে স্কুলে আসবা, লেসন ঠিক মতো কমপ্লিট করে আসবা।"

আমি বললাম, "নিলয়দা, আমি অনেক চিন্তা করে দেখলাম, আসলে আমার আমার আপনার মতো সুপার গিটারিস্ট হওয়ার দরকার নাই। আমি মোটামুটি বাজাতে পারলেই হলো।"

নিলয়দা হাঁ করে আমার দিকে তাকিয়ে আছেন। তিনি আঁতকে উঠে বললেন, "সুপার গিটারিস্ট?"

এরকম কথা উনি নিশ্চয়ই আগে কখনও কোনো স্টুডেন্টের কাছে শুনেন নাই। কী বলবেন ঠিক খুঁজে পাচ্ছিলেন না। তারপর তিনি বললেন, "হ্যাঁ, তবে তুমি এই কথাটা ঠিক বলছ, ব্যান্ডে সবার লিড গিটারিস্ট হওয়ার প্রয়োজন নাই। একটা ব্যান্ডে একজন লিড গিটারিস্টই যথেষ্ট।"

"আমার সব বন্ধুরাই এখন গিটার শিখছে। ওদের মাঝ থেকে কেউ গিটারিস্ট হলে তো আর আমার লিড গিটারিস্ট হতে হচ্ছে না।"

তিনি হেসে দিয়ে বললেন, "এই জন্যই তো আমাদের ড্রামারের এত সংকট, সবাই গিটারিস্ট হতে চায়।"

আমি একটা ক্যাসেট বাড়িয়ে দিয়ে বললাম, "এই নেন, এরিক জন্সন শুনতে চাইছিলেন।"

ক্যাসেট হাতে নিয়ে নিলয়দা বললেন, "তাহলে এই ব্যান্ডে আপনি কী করবেন?"

আমি একটু মন খারাপ করে বললাম, "এখনও ঠিক করি নাই। কয়েকটা গান লিখেছি, কিন্তু বেশি ভালো হয় নাই।"

"আরে ব্যাপার না, হবে। মাত্র তো শুরু করলা।"

তারপর নিলয়দা যেটা বললেন, তা আমি কখনও ভুলবো না। তিনি বললেন, "তাছাড়া গিটারের এই বারো নোটে তেমন কিছু শেখারও নাই। সবার আগে তোমাকে মনের দিক থেকে একজন প্রকৃত মিউজিশিয়ান হতে হবে।"

এই কথা শুনে আমি অবাক হয়ে বলি, "এটা তো আপনি লিখে রাখার মতো একটা কথা বলেছেন, নিলয়দা!"

নিলয়দা হেসে দিয়ে উঁচু স্বরে বললেন, "সাবাস, মিলন সাহেব! তুমি তোমার মতো চালিয়ে যাও। এটাই পারফেক্ট ব্যান্ড অ্যাটিচুড।"

নিলয়দার মুখে এই কথা শুনে আমিও খুশি হয়ে যাই। তিনি আরও বললেন, "যেটাই করো মন দিয়া করবা, ফুল ডেডিকেশন দরকার। তুমি লেখালেখি চালিয়ে যাও। গান গাওয়াটাও ট্রাই করে দেখতে পারো, কম্পোজিশন করার জন্য খুব কাজে লাগে।"

আবার বললেন, "যখন ইচ্ছা হয় চলে আসবা।"

তারপর একটু চুপ থেকে বললেন, "ও না, তোমার তো রেগুলারই আসতে হবে। না হলে আমার জন্যে ক্যাসেট কে নিয়া আসবে?"

এই বলে তিনি করে হাসতে শুরু করলেন। আমি চলে যাচ্ছিলাম, নিলয়দা হাসতে হাসতেই বললেন, "মিলন সাহেব, আপনার এই ফিউচার ব্যান্ডের নাম কী?"

আমি একটু গম্ভীরভাবে উত্তর দিলাম, "ক্রোমড্রিমার।"

"কী?" নিলয়দা একটা অট্টহাসি দিয়ে বলেন, "'চরম ড্রিমার' হলে ভালো হতো না?"

আমিও নিলয়দার সাথে হাসিতে যোগ দিলাম।

৬

সেদিন নিলয়দার বাসার আড্ডাতে দারুণ একটা ইতিহাস জানা হলো। আমাদের দেশে রক মিউজিকের শুরুটা কীভাবে হলো অনেকটা সেই গল্প। আমি কানে হেডফোন দিয়ে রাতে শুয়ে শুয়ে গল্পটি সাজানোর চেষ্টা করছি। ইস, যদি গল্প লিখতে পারতাম, তাহলে লিখে রাখা যেত।

আসলেই একটা গল্পের মতো ছিল।

ষাটের দশকের প্রথম দিকের ঘটনা, সম্ভবত ১৯৬৩ তে। পুরান ঢাকায় মিশনারি স্কুল, সেইন্ট গ্রেগরী, বাৎসরিক সাংস্কৃতিক অনুষ্ঠান। গিটার হাতে অ্যাঙ্গলো-ইন্ডিয়ান একটা ছেলে টেলফার জন্সন, ক্লিফ রিচার্ডের একটা গান করছে। দর্শক সারিতে ফজলে রব মন্ত্রমুগ্ধ হয়ে দেখছে, সেই মুহূর্তে সে ঠিক করে ফেলে সে একটা ব্যান্ড করবে। তিনশো টাকা দিয়ে একটা গিটার জোগাড় করে ফেলে ফজলে। এই উদ্দীপনা তার বন্ধুদের মাঝেও ছড়িয়ে পড়ে। খাজা শাব্বির কাদির একটা ড্রাম সেট জোগাড় করে, এভাবেই তৎকালীন পূর্ব পাকিস্তানের প্রথম রক ব্যান্ড 'আইওলাইটস'-এর জন্ম হয়। ইন্সট্রুমেন্টাল মিউজিক দিয়ে তাদের যাত্রা শুরু হলেও পরে তাদের আরেক বন্ধু আলমগীর গায়ক হিসেবে যোগ দেয়। পরবর্তীতে আলমগীর পাকিস্তানে গায়ক হিসেবে প্রচুর সুখ্যাতি পায়। ভাবা যায়, ক্লাস নাইনের ওই ছেলেগুলো চৌষট্টি সালে হোটেল শাহবাগ আর ঢাকা ক্লাবে নিয়মিত শো করত!

প্রায় একই সময় চট্টগ্রাম সেইন্ট প্লাসীড স্কুলের ফরিদ রশীদ, ম্যান্ডেজ, নোয়েল আর শাকিলকে নিয়ে 'লাইটনিংস' তৈরি করে, তারা চট্টগ্রামের হোটেল আগ্রাবাদে শো করা শুরু করে দেয়।

জালালের নেতৃতে গঠন হলো 'বকলম'। ক্যারিশম্যাটিক এই গিটারিস্টের আরও একটি পরিচয় আছে। বকলমের পূর্বে তিনি দেশের প্রখ্যাত পপ ব্যান্ড, 'ঝিঙ্গা শিল্পগোষ্ঠী'-তেও ছিলেন। এইসব ব্যান্ডগুলো যখন মাত্র তাদের যাত্রা শুরু করে, ঝিঙ্গা গোষ্ঠীর গানগুলো তখন সবার

মুখে মুখে থাকত। কিন্তু পরে জালাল রক মিউজিক করার উদ্দেশ্যে এই নতুন ব্যান্ডটি তৈরি করে।

৬৫-তে আইওলাইটস হোটেল ইন্টারকন্টিনেন্টালে নিয়মিত শো করার সুযোগ পায়। প্রথম ব্যান্ড হিসেবে টেলিভিশন শো করে। ৬৭-তে প্রথমবারের মতো পূর্ব পাকিস্তানে টিকেট শো করে ব্যান্ডটি ইতিহাসের রচনা করে। আইওলাইটস তাদের ব্যান্ডের নাম পরিবর্তন করে 'উইন্ডি সাইড অফ কেয়ার' রাখে।

একই সময় আইওলাইটসের পাশাপাশি জাফর ইকবাল, ফারুক, তোতা, মাহমুদ, কাইয়ুম রেজা 'র‍্যাম্বিং স্টোনস' নামে হোটেল ইন্টারকন্টিনেন্টালে নিয়মিত শো করত। জাফর ইকবাল পরবর্তীতে বাংলা সিনেমায় নায়ক হিসেবে আত্মপ্রকাশ করে এবং বেশ আলোড়ন তোলে।

একবার হোটেল ইন্টারকন্টিনেন্টাল, 'চাম্বেলি' রুমে এক প্রতিযোগিতার আয়োজন করে। উইন্ডি সাইড অফ কেয়ার, লাইটনিংস এবং র‍্যাম্বিং স্টোনস প্রতিযোগিতায় অংশ নেয়। সেদিন উইন্ডি সাইড অফ কেয়ার বিজয়ী হয়। পুরস্কার হিসেবে ব্যান্ডটি জিতে নেয় বিখ্যাত রেকর্ড কোম্পানি ইএমআই থেকে রেকর্ডিং করার সুযোগ। দেশের কোনো ব্যান্ডের প্রথম সৌভাগ্য হয় 'ফরটিফাইভ আরপিএম' ইপি রেকর্ড করার। উইন্ডি সাইড অফ কেয়ার, ইন্সট্রুমেন্টাল অ্যালবাম রিলিজ করে। দেশি সুরের সাথে পাশ্চাত্য রক এন রোলের এক অদ্ভুত ধরনের মিশ্রণ ঘটায় তারা অ্যালবামটিতে। এপার বাংলায় এধরনের কিছু সম্ভবত সেটাই প্রথম।

৭

একটা ক্যাসেট ধার এনেছিলাম শুনতে। 'আয়রন মেইডেন' ব্যান্ডের একটা লাইভ অ্যালবাম, 'লাইভ আফটার ডেথ'। পাঁচ বছর আগে রিলিজ হলেও কাল রাতেই আমি প্রথম শুনলাম। এই পর্যন্ত ওদের সব অ্যালবাম আমার শোনা থাকলেও, এটি বাদ পড়ে যায়। লাইভ বলেই বাদ পড়ে যায় হয়তো, ভেবেছিলাম পরে শুনবো কোনো এক সময়। এমনিতে তখনকার দিনে লাইভ অ্যালবামের সাউন্ড কোয়ালিটি সবসময় ভালো হতো না। কিন্তু এই ডবল লাইভ অ্যালবামের সাউন্ড আসলেই চমৎকার! ক্যাসেটটা আমি আরও কিছু দিন শোনার জন্য রাখতে পারি, কিন্তু এটা আমার নিজের না হলে শুনে ঠিক আরাম পাওয়া যাবে না।

পাড়ায় তখন আমার নতুন কিছু বন্ধু জুটেছে। তারই একজন মনি। ক্যাসেটটা তার কাছ থেকেই নেয়া। ওকে সুমেলদের বাসায় পাওয়া যাবে এখন। সুমেলরা তিনভাই, সুমেল ছোটো। সবাই গান পাগল, ক্যাসেট জমানোর নেশা। ঘরে ঢুকে দেখি লাউড ভলিউমে 'রেইনবো' ব্যান্ডের, 'টেম্পল অফ দ্য কিং' চলছে, গিটারের পার্টটা সবাই মিলে মুখে বাজানোর চেষ্টা চলছে, আমিও যোগ দিলাম।

মনি বলল, "ইস, একটা গিটার থাকলে তুলেই ফেলতাম।"

আমি বললাম, "গিটার কিনে ফেলছি অলরেডি।"

সুমেল বলে, "কি! তুই গিটার কিনেছিস?"

"হ্যাঁ, নিলয়দা কিনে দিয়েছেন।"

সুমেল, "বাহ, তুই তো তাহলে গিটারিস্ট হয়ে গেলি।"

মনি উত্তেজিত, "চল, গিটারটা দেখি..."

“আরে থাম। এখনও বাসায় আনি নাই, নিলয়দার কাছেই আছে।
”

মনি নিরাশ হয়ে বলল, “ক্যান?”

“গিটার রাখার একটা সেফ জায়গা ঠিক করে নিই আগে।”

সুমেল হেসে বলে, “ক্যান, তোর আব্বা দেখলে ভেঙে ফেলবে নাকি?”

“বলা তো যায় না, আপাতত রিস্ক নিতে চাচ্ছি না।”

মনিকে ওর ক্যাসেটটা ফেরত দিয়ে বললাম, “এই নে তোর ক্যাসেট।”

মনি অবাক হয়ে, “কালকে না নিলি, ভালো লাগে নাই?”

“বেশি ভালো লেগেছে, তাই রেইনবো-তে যাচ্ছি ক্যাসেট অর্ডার করতে।”

৮

ইংরেজি গানের পাগলদের জন্য একটা দারুণ একটা জায়গা ছিল আমাদের, এলিফ্যান্ট রোডে। আমরা বলতাম 'রেইনবো গলি' বা শুধুই 'গলি'। এই রেইনবোতে অভিনব উপায়ে, এলপি বা লং প্লেয়ার থেকে ক্যাসেটে গান ট্রান্সফার করে দেয়া হতো। কারণ ক্যাসেট প্লেয়ার সবার বাসায় ছিল, কিন্তু এলপি সবার কাছে ছিল না; আর এলপি সহজে পাওয়াও যেত না তেমন একটা। তাই জায়গাটা আমাদের কাছে তীর্থের মতো হয়ে উঠলো। রেইনবোর সাথে আরও দুইটি দোকান হয়ে গেল, 'রিদম' আর 'সুর বিচিত্রা'। কিন্তু রেইনবোর সাথে কেউ পেড়ে উঠেনি, কারণ রেইনবোতে ছিলেন কবির ভাই।

আমিও যথারীতি রেইনবো গলিতে যাওয়া শুরু করি। সকাল থেকে রাত, কত দিন যে কেটেছে সেই গলিতে, তার কোন হিসেব নেই। বন্ধুও জুটে গেল অনেক। কবির ভাই আমাকে রাইটার্স ক্লাবে নিয়ে নিলেন। অর্ডারের যেসব ক্যাসেট আসতো, সেসব গানের লিস্ট করে দেই পালা করে আমরা কয়েকজন। সব ক্যাপিটাল লেটার ব্যবহার করে লেখা হতো, তাই সবার লেখার স্টাইলও প্রায় একইরকম লাগতো, আমরা সেটাকে বলতাম—হেভি মেটাল স্টাইল রাইটিং।

প্রায়ই কবির ভাই অপরিচিত গান শুনিয়ে আমাদের মাঝে কম্পিটিশন করতেন। রেইনবো জুড়ে লাউড স্পিকারে বাজছে অপরিচিত কোনো গান। আর সে সময় কবির ভাই বলতেন, "এই গানটা গাইছে কে? বলতে পারলে এর ক্যাসেটটা নিয়ে যেতে পারবে।"

আমরা সবাই হুমড়ি খেয়ে পড়তাম। সেই সব গান শুনে আমাদের আক্কেল গুড়ুম হয়ে যেত। সেরকমই একটা গান হচ্ছে। কেউই পারছিল না। আমি একটু চিন্তা করে বললাম, "রনি জেমস ডিও।"

কবির ভাই, “কি বললে, ডিও? সেকি কখনও এরকম গান গেয়েছে নাকি?”

“না গায়নি...”

পাশের থেকে কে আরেকজন বলল, “কী বলছ মিলন, ডিও হতে যাবে কেন?”

আমি দৃঢ় ভাবেই বললাম, “কিন্তু আমার মনে হচ্ছে এটা ডিও।”

কবির ভাই হেসে, “এই নাও তোমার ক্যাসেট।”

আমি খুশিতে আত্মহারা, “কিন্তু কবির ভাই, এটা কোত্থেকে আসলো? আগে শুনি নাই...”

“এটা একটা রক অপেরা অ্যালবামের গান, ‘বাটারফ্লাই বল’। ডিওর আরও দুইটা গান আছে এটাতে।”

“ওয়াও! থ্যাংক ইউ, কবির ভাই।”

কবির ভাই মিউজিক নিয়ে জানতেন না এমন বিষয় কমই ছিল। শুধু রক মিউজিকই না, কোন শ্রোতার কী ধরনের মিউজিক ভালো লাগতে পারে–তা তিনি সহজেই বুঝতে পারতেন। সবাই তার কাছে আসতো, এমনকি বড় বড় মিউজিশিয়ানরাও বাদ যেতেন না। অবশ্য না এসে কোনো উপায়ও ছিল না, গানের নেশা যার আছে তার সেখানে না এসে আর কোনো উপায়ও ছিল না।

দুই ধরনের ক্যাসেট পাওয়া যেত, নব্বই আর ষাট মিনিট লম্বা। তখনকার অ্যালবামগুলো হতো চল্লিশ মিনিট করে। নব্বই মিনিট ক্যাসেটে দুইটা অ্যালবাম হয়ে দশ মিনিট আর ষাট মিনিট ক্যাসেটে একটা অ্যালবাম হয়ে পনের থেকে বিশ মিনিট টেপ ব্ল্যাঙ্ক থেকে যেত। সেই খালি জায়গায় কবির ভাই সাধারণত অ্যালবামের সাথে মিল রেখে অন্য কিছু অথবা ইন্স্ট্রুমেন্টাল মিউজিক দিয়ে দিতেন। সেটাকে বলা

হতো 'ফিল আপ'। ইন্সট্রুমেন্টাল মিউজিক শোনার অভ্যাস আমাদের সেভাবেই গড়ে ওঠে, তাছাড়া নতুন মিউজিশিয়ানদের আমরা সেভাবেই চিনতাম। কবির ভাইয়ের ফিল আপ মিউজিক শুনে পরে পুরো অ্যালবাম করতে দিয়েছি, এরকম প্রায় সবসময়ই হতো।

এইসব এলপিগুলোর বেশিরভাগই বিদেশ থেকে সংগ্রহ করতেন মুরাদ ভাই। রেইনবো দোকানটা মূলত মুরাদ ভাইয়েরই দেয়া, আবার দোকানটা যে বিল্ডিঙে, সে বাড়ির মালিকও ছিলেন তিনি নিজে। প্রতিটি নতুন অ্যালবাম এলেই আমরা হুমড়ি খেয়ে পড়তাম। অ্যালবাম কভার, ইনারস্লিভ উলটেপালটে সবকিছু পড়ে ফেলতাম। ক্যাসেট অর্ডার করে, সঙ্গে লিরিকশিট ফটোকপি করে নিয়ে আসতাম। মিউজিক সম্বন্ধে জানার এরচেয়ে ভালো আর কোনো উপায়ও ছিল না। বিদেশি মিউজিক ম্যাগাজিন খুব একটা পাওয়াও যেত না। কখনও একটা ম্যাগাজিন খুঁজে পাওয়া গেলে, সেই এক ম্যাগাজিনই একে একে সবার হাতে ঘুরত।

আমরা নিজেরাই একসময় মিউজিক ম্যাগাজিন করার উদ্যোগ নিলাম। একে একে অনেক কয়েকটি মিউজিক ম্যাগাজিন বের হয়। বিদেশি মিউজিক ম্যাগাজিনের কাটপিস আর লিরিক দিয়ে ভরপুর থাকতো সেইসব ম্যাগাজিন। দেশি ব্যান্ডগুলোরও ফিচার থাকতো। রেইনবো থেকেও একটা ম্যাগাজিন বের হলো, সঙ্গে জিম মরিসনের পোস্টার। সেটাই সম্ভবত সবচেয়ে আকর্ষণীয় ম্যাগাজিন ছিল। একটা সময় ম্যাগাজিন বের করার হিড়িক পড়ে যায়। সেসময় আমি নিজেও বেশ কয়েকটা ম্যাগাজিনের হয়ে কাজ করি। অনেক সময় চ্যালেঞ্জের মুখে পরেও ম্যাগাজিন বের হতো। এলিফ্যান্ট রোডের তুষার সেরকম চ্যালেঞ্জ মোকাবেলা করতে গিয়েই একটা ম্যাগাজিন বের করে ফেলে। আহসান ভাই, মুরাদ ভাই এমনকি মাইলস ব্যান্ডের শাফিনের উদ্যোগে নিয়মিতভাবেও কয়েকটা ম্যাগাজিন বের হয়।

একসময় ভিডিয়ো ক্যাসেটে মিউজিক ভিডিয়ো আসা শুরু হলো। তিন ঘণ্টার ক্যাসেটে র‍্যান্ডম এমটিভি রেকর্ড করা থাকতো। সেই একটা ক্যাসেটই আমাদের সবার কাছে ঘুরে ঘুরে আসত। যখনই কারো দেখা

শেষ হয়ে যেত, সে আরেকজনকে পাস করে দিত ক্যাসেটটি। এই ক্যাসেটগুলো কার কাছ থেকে আসতো, আর সবশেষে কোথায় যেত, সেটা আজও আমার কাছে বিস্ময়।

পিংক ফ্লয়েডের ‘ওয়াল’ অ্যালবামের মুভিটার ভিডিয়ো ক্যাসেট প্রথম গোর্কি ভাইয়ের কাছে দেখি। গোর্কি ভাই থাকতেন বনানীতে, পেশায় ফটোগ্রাফার। এছাড়া, তার মাধ্যমে ‘হ্যারাল্ড ট্রিবিউন’ এবং ‘ইউএসএ টুডে’ দৈনিক পত্রিকা দুটি আমাদের দেশে আসত, এগুলো তিনি প্রতিদিন গুলশান-বনানী এলাকায় বিদেশি ডিপ্লোম্যাটদের কাছে লোক মারফত পৌঁছে দিতেন। তাঁর সাথে পরিচয় মেজভাইয়ের বন্ধু জুয়েলের মাধ্যমে। দুনিয়ার জ্ঞানী লোক এই গোর্কি ভাই; হেন কিছু নাই তিনি জানতেন না! তাঁর সাথে গান শোনা বা সিনেমা দেখার সবচেয়ে ভালো দিক ছিল, উনি খুঁটিনাটি সব বিষয়গুলো আমাদের ধরিয়ে দিতেন। ‘ওয়াল’ আর জিম মরিসনের জীবনী নিয়ে সিনেমা ‘ডোরস’ প্রথম তার বাসাতেই দেখি।

আর এইদিকে, গান-আড্ডায় গলি সবসময় জমজমাট হয়ে থাকত। প্রতিদিন একবার অন্তত সেখানে হাজির হওয়া চাই। এছাড়া পাশের গলির কফি হাউজের আড্ডাও বেশ জমে উঠে। বিকেল থেকে সব মিউজিশিয়ান আর উঠতি মিউজিশিয়ানরা জমা হত কফি হাউজে। নিলয়দা থেকে শুরু করে কমল ভাই, ফুয়াদ ভাই, ছোটোন ভাই, রেজা ভাই; আর পাড়ার অন্যান্য বন্ধুদের নিয়ে ইমতি ভাই, রাসেল ভাই, রুশো ভাই, মিঠু ভাই, রানা ভাই। অন্যদিকে গলি থেকে সুমন, বুনো, পিকলু, টুপুল, সাব্বির, মেহদী, অনিক, জয়; আমরা সবাই জুটে গেলাম এই আড্ডায়। গানে গানে মুখরিত থাকত এলিফ্যান্ট রোডের কফি হাউজের আড্ডার দিনগুলি!

সাপ্তাহিক বন্ধগুলো কেমন অসহায় লাগতো আমাদের। আমাদের বিপুল চাপের সম্মুখীন হয়ে, একসময় কবির ভাই বন্ধের দিনগুলোতেও কিছুটা সময় রেইনবো খোলা রাখতে বাধ্য হন।

৯

সারাদিন গান নিয়ে বিভিন্ন জনের সাথে আড্ডা আর গান শোনা, গলিতেই সারাদিন কেটে যেত। গান ছাড়া আর কোনো বিষয়ে আমরা আলাপ করতাম কি না তা মনে নেই। পরিচয় হলো আধপাগল এক গায়কের সাথে, সাহেদ ভাই। শেখ সাহেদ আলীর কাছে 'জীবনমুখী গান শুনেছি, যখন এধরনের গানের আলাদা কোনো নাম ছিল না! কলকাতার সুমনের আগে আমরা গলির সাহেদ ভাইয়ের কাছে এইসব বাস্তবতার গান শুনেছি। এই গান করছেন, আবার এই গল্প জুড়ে দিয়েছেন, তার গল্পের ঝুড়ি কখনও ফুরোয় না। মুক্তিযুদ্ধের পরের ঘটনা বলেছেন, যুদ্ধ ফেরত টগবগে যুবক আজম খান। মিউজিক করবেন বলে সিদ্ধান্ত নেন। কিন্তু এলিভস-ক্লিফ রিচার্ডদের গানের কদর থাকলেও পাশ্চাত্য ঢঙ্গে বাংলা গান মানেই অপসংস্কৃতি!

এই কথা আমি আজম খানের নিজের মুখেও শুনেছি। একবার আজম খানের বাসায় গিয়ে তাঁর সাথে সরাসরি কথা বলার সৌভাগ্য হয়। এটা অবশ্য অনেক পরের ঘটনা, আমি সেসময় একটা বিজ্ঞাপনী সংস্থায় কাজ করতাম। আজম খান ততদিনে গুরু থেকে কিংবদন্তি।

আজম খানের গানের জগতের আগমনের সেই গল্প নিয়ে আমরা একটা ছোটো ফিল্ম বানানোর উদ্দেশ্যেই তার সঙ্গে দেখা করার সৌভাগ্য হয়। অফিস থেকে ঠিক করে দেয়া হলো, আমার সঙ্গে আমার দুই কলিগ যাবে। ক্লায়েন্ট সার্ভিস থেকে মাসুদ আর আমার সহকারী কপিরাইটার রুম্পা। আমরা বেশ নার্ভাস ছিলাম। এত বড় একজন মানুষের ইন্টারভিউ কীভাবে করে তা আমাদের কাছে ঠিক পরিষ্কার না। মাসুদ আমাকে জিজ্ঞাস করে, "মিলন ভাই কী কী প্রশ্ন করবেন সব ঠিক করেছেন?"

রুম্পা উত্তর দেয়, "হ্যাঁ, মাসুদ ভাই, এই যে দুই পাতা প্রশ্ন লিখে নিয়ে এসেছি।"

আমরা তাঁর বাসায় গেলাম বিকেলের ঠিক আগের সময়টাতে। বাড়ির বাইরের সিঁড়ি দিয়ে দোতালার একটা ঘরে বসলাম। ঘরে সোফা আর টেবিল ছাড়া ছিল কেবল একটা বইয়ে ভরা আলমারি আর দেয়ালে একটা আজম খানের নিজের একটা কনসার্টের পুরানো পোস্টার। বিশেষ আর কিছুই নেই চোখে পড়ার মতো।

আজম খান একটু পরে আসলেন। আমাদের সাথে পরিচিত হয়ে তিনি খুব স্বাভাবিক ভাবে বললেন, "বসো, তোমাদের চা দিতে বলছি। তোমরা দুপুরে খাইছো তো? নাকি ভাত খাইবা?"

মাসুদ সাথে সাথে বলল, "না না, আমরা খেয়ে আসছি। কিচ্ছু লাগবে না, আপনি বসেন তো।"

তিনি বসতে বসতে বললেন, "তোমরা কী জানতে চাও? শুনি..."

রুম্পা ঝটপট একের পর এক কয়েকটা প্রশ্ন করে ফেলল। আজম খান বললেন, "বাবা, তোমাদের এইসব প্রশ্ন শুনে আমি তো ভয় পেয়ে গেলাম।"

আমি বললাম, "আসলে আমরা আপনার সাথে আড্ডা দিতে আসছি। কোনো প্রশ্ন করতে আসি নাই।"

আজম খান একটু স্বস্তির নিশ্বাস ফেলে বললেন, "যাক বাঁচা গেল, আমি তো বেশ নার্ভাস হয়ে গেসিলাম।"

আজম খানের মুখে এই কথা শুনে আমরা সবাই হেসে উঠি।

এরপর আমাদের অনেকক্ষণ সময় দিলেন তিনি। আমাদের তো ব্যাপারটা ভাবতেই স্বপ্নের মতো লাগছিল, আমরা আজম খানের সাথে আড্ডা দিচ্ছি! ফিল্ম বানানোর জন্য আমাদের যা প্রয়োজন ছিল তার সবই আড্ডার ছলে হলো। তিনি একসময় বললেন, "তোমাদের যা দরকার ছিল তা কী তোমরা পাইসো? নাকি শুধু শুধুই আমরা আড্ডা দিয়া সময় নষ্ট করলাম?"

আমি বললাম, "নিশ্চয় পেয়েছি! অনেক নতুন কিছুও পেয়েছি।"

তারপর আমি রুম্পাকে জিজ্ঞাস করলাম, "রুম্পা? কী মনে হয়?"

রুম্পা দ্রুত তার প্রশ্নগুলি দেখে নিয়ে বলে, "হ্যাঁ, মিলন ভাই, অল কভারড।"

আজম খান উঠে দাঁড়ালেন, "তোমাদের সাথে কথা বলতে আমারও খুব ভালো লাগছিল। কিন্তু আমার একটু এক জায়গায় যেতে হবে। প্রতিদিন এই সময় কিছু বাচ্চা ছেলেমেয়ে আমার জন্য পাড়ার মাঠে অপেক্ষা করে। আমাকে না দেখলে ওদের খুব মন খারাপ হয়।"

এই কথা শুনে আমরাও উঠে পড়ি। আজম খান একে একে আমাদের জড়িয়ে ধরে বিদায় জানালেন।

আমরা তিনজন বাইরে বেরিয়ে আসি। কেউ কোনো কথা বলছি না। বেশ কিছুক্ষণ সময় লাগলো আমাদের ধাতস্থ হতে। এত বড় একটা ঘটনার এতটাই সহজভাবে হবে, সেটা আমরা কেউই আশা করি নাই।

আজম খানের আন্তরিকতা আর সরলতা আমাদের সত্যি সেদিন মুগ্ধ করে। তিনি যে একজন 'রকস্টার' সে বিষয়ে আমাদের কখনও কারও মনে সন্দেহ ছিল না, কিন্তু উনি যে একজন মুক্তমনা উঁচু মাপের মানুষ সেটা আমরা সেদিন অনুভব করি।

১০

মুক্তিবাহিনীর গেরিলা কমান্ডার আজম খান, দেশকে মুক্ত করার জন্য একাত্তরের যুদ্ধক্ষেত্রে দুর্ধর্ষ সব মিশনে অংশ নিতেন। শুধু তাই না, গান গেয়েও রণক্ষেত্রে মুক্তিযোদ্ধাদের উজ্জীবিত করে রাখতেন। আবার রাতে সবাই যখন ক্লান্ত শরীরে ক্যাম্পে ফিরে আসতো, আজম খানের গান তাদেরকে অনুপ্রেরণা জাগাত। আজম খানের ক্যাম্পে বাতি জ্বলছে এটা দেখেও অনেক মুক্তিযোদ্ধা স্বস্তি পেত। তারা একটু শান্তিতে চোখ বন্ধ করতে সাহস পেত এই ভেবে, আজম খান জেগে আছে।

ভাবতে অবাক লাগে, স্বাধীনতার পর পুরো সংস্কৃতিমহল এই আজম খানকেই নিগৃহীত করে। তাঁর গানকে 'অপসংস্কৃতি' আখ্যা দেয়।

আজম খান তাঁর যাত্রা শুরু করেন 'স্পন্দন' ব্যান্ড দিয়ে। ব্যান্ডে অন্যান্যদের মাঝে ছিলেন নাসির আহমেদ, হ্যাপি আখন্দ, জর্জিনা হক, হাবলু, ফেরদৌস ওয়াহিদ আর ফিরোজ সাঁই। পরবর্তীতে নিজের মৌলিক গান করার উদ্দেশ্যে প্রতিষ্ঠা করেন 'উচ্চারণ' ব্যান্ড ।

অন্যদিকে ট্যালেন্টেড দুই ভাই, হ্যাপি আর লাকি আখন্দ, 'আখন্দ ব্রাদার্স' নামে বেশ সুনাম কুড়ায়। মুক্তিযুদ্ধের আগে লাকি আখন্দের বয়স যখন মাত্র চৌদ্দ, তখন থেকেই তিনি পাকিস্তান এইচএমভি স্টুডিয়োতে সুরকার হিসেবে কাজ করেন। এর দুই বছর পর ইন্ডিয়া এইচএমভিতে মিউজিশিয়ান হিসেবে কাজ করেন। যুদ্ধের সময় স্বাধীন বাংলা বেতার কেন্দ্রে যোগ দেন। মুক্তিযোদ্ধাদের উজ্জীবিত রাখতেন বুলেটিন আর দেশের সব গান দিয়ে।

স্বাধীনতার পরে আখন্দ ব্রাদার্স উৎসাহী যেকোনো শিল্পীর সাথে কাজ করার আগ্রহ প্রকাশ করে। এসময় কুমার বিশ্বজিৎ, ফিরোজ সাঁই-সহ বিভিন্ন শিল্পীদের সাথে কাজ করে আখন্দ ব্রাদার্স। নিজের অগ্রগতির কথা না চিন্তা করে আখন্দ ব্রাদার্স অন্য শিল্পীদের সাহায্যে এগিয়ে আসে।

ফেরদৌস ওয়াহিদের "এমন একটা মা দে না" গানের পেছনেও কাজ করেছে আখন্দ ব্রাদার্স।

হ্যাপি আখন্দ নিজে একটা গান করে, "আবার এলো যে সন্ধ্যা"। দেশের প্রথম রক ব্যালেড বলা যায় গানটিকে, যা দ্রুত সবার মন জয় করে নেয়। এই গান শুনে ভারতের মান্না দে, আরডি বর্মণের মতো শিল্পীরা সেসময়ই হ্যাপির অনেক প্রশংসা করেন। "কে বাঁশি বাজায় রে" গানে হ্যাপির মুনশিয়ানা প্রমাণ পায়। "স্বাধীনতা তোমাকে নিয়ে", "পাহাড়ি ঝরনা", "নীল নীল শাড়ি পরে", "হঠাৎ করে বাংলাদেশ", "খোলা আকাশের মতো তোমাকে চেয়েছি", "তুমি আমার প্রথম প্রেমের গান", "পলাতক সময়ের হাত ধরে", "এই পৃথিবীর বুকে আসে যারা – আখন্দ ব্রাদার্সের এইসব অনবদ্য গান তখন সবার মুখে মুখে ছিল। "আবার এলো যে সন্ধ্যা" গানটি পরে ১৯৮০ সালে "ঘুড্ডি" সিনেমায় ব্যবহৃত হয়। একজন মিউজিশিয়ান হিসেবে হ্যাপি আখন্দ সিনেমাটিতে অভিনয়ও করেছিলেন।

লাকি আখন্দ '৮৪ সালে সোলো অ্যালবাম রিলিজ করেন। "আগে যদি জানতাম", "আমায় ডেকো না", "মামনিয়া", "এই নীল মণিহার", "হৃদয়ে আমার" এইসব গানগুলো বাংলা গানে নতুন মাত্রা যোগ করে।

আখন্দ ব্রাদার্স যখন শীর্ষে, ঠিক তখনই মাত্র সাতাশ বছর বয়সে ১৯৮৭ সালে, হ্যাপির অকাল মৃত্যু হয়। তার এই মৃত্যুতে শ্রোতারা তো বটেই, সহশিল্পীরাও মুষড়ে পড়েন। হ্যাপি মারা যাবার পর লাকী আখন্দও অনেকদিন পর্যন্ত গানের জগত থেকে নিজেকে দূরে সরিয়ে রাখেন।

মুক্তিযুদ্ধের পর আজম খানের যাত্রা পথও দুর্গম ছিল। ব্যান্ড করেছিলেন ঠিকই কিন্তু কোথাও পারফর্ম করার সুযোগ হতো না। অনেক কষ্টে কোনো কোনো সাংস্কৃতিক অনুষ্ঠানে সুযোগ মিললেও সহশিল্পীরা পর্যন্ত তাঁর সাথে খারাপ আচরণ করতো! কিন্তু শ্রোতাদের কাছে টানতে

খুব বেশি দেরি হয়নি আজম খানের। গান শুরু করে মাঝপথে থেমে গিয়ে বলে উঠতেন, "আমি কি আর গাইব?"

শ্রোতারা ফেটে পড়ত, "আপনি গেয়েই যান, গুরু।"

বাংলার শ্রোতারা তাঁকে ঠিকই চিনে নেয়। আজম খান কখনও থেমে যাননি। "সালেকা মালেকা" দিয়ে শুরু, তারপর একে একে গাইলেন, "আলাল ও দুলাল", "এত সুন্দর দুনিয়া", "জ্বালা জ্বালা", "বাংলাদেশ"। নয়নের অনবদ্য গিটারের সাথে আজম খানের চড়া কণ্ঠ, খুব দ্রুতই এসব গান যেন বাংলার প্রাণের গানে পরিণত হলো।

নয়ন একসময় কানাডায় পাড়ি দেন। স্টুডিয়ো মিউজিশিয়ান হিসেবে অনেকের সাথে কাজ করেন। সেখানে সোলো শো করেন কিছুদিন। দেশে আর তাঁর কখনোই ফিরে আসা হয়নি, এক গাড়ি অ্যাক্সিডেন্ট করে মারা যান এই ক্ষণজন্মা প্রতিভা।

তবে দেশ ছেড়ে যাওয়ার আগে তিনি তৈরি করে দিয়ে যান রকেটকে। রকেট আগে থেকেই আজম খানের সাথে বাজানোর সুযোগ খুঁজছিল। দায়িত্ব পেয়েই রকেট নিষ্ঠার সাথে পালন করে। "অভিমানী", "আমি যারে চাইরে", "বাঁধা দিয়ো না", "জীবনে কিছু পাবো না", "এ কী জীবন এরচেয়ে ভাল মরণ", "ও চাঁদ সুন্দর", এই সব গানে গিটার বাজায় রকেট। আজম খান ধীরে ধীরে গুরু থেকে হয়ে উঠেন 'রক সম্রাট'।

আজম খানের কনসার্ট হলেই সবাই ছুটে যায়। আর সেসময় কনসার্ট মানেই মারামারির জন্য প্রস্তুত থাকা, অথবা কোনো দুর্ঘটনা হবেই! টিএসসিতে আজম খানের কনসার্ট। মারামারি হতেই পারে, পরিস্থিতিও সেরকম। কনসার্টটা বাদ হয়ে যেতে পারে সবাই যখন সেরকম ভাবছে, ঠিক সে সময়ই আজম খান স্টেজে। তিনি শুধু হুংকার দিয়ে বললেন, "এই তোরা একটু শান্ত হ তো, না হলে কিন্তু গাইবো না।"

সাথে সাথে সবাই সবকিছু ভুলে এক সাথে বলে উঠে, "না গুরু, শুরু করেন।"

গুরু শুরু করলেন, "আসি আসি বলে তুমি আর এলে না..."

দর্শক সবকিছু ভুলে গিয়ে গানে মেতে উঠে।

১১

"ডালিম, কনসার্ট দেখবি?"

ডালিম আকাশ থেকে পড়লো মনে হলো। সে অবাক হয়ে বলে, "কনসার্ট?"

আমার সেজ ভাই ডালিম। আমি আর ও সবসময় একই ক্লাসে পড়ে আসছিলাম। এসএসসির পর ও এক কলেজে সাইন্সে ঢুকল আর আমি আরেক কলেজে কমার্সে। আমরা বেশ বন্ধুসুলভ বলা যায়, এমনকি আমাদের সব বন্ধুবান্ধবও কেই। যদিও গানবাজনার প্রতি ওর তেমন একটা ঝোঁক কখনও ছিল না।

"হ্যাঁ, বামবা কনসার্ট।"

"বামবা?" হাহা করে হেসে উঠলো ও।

"বাংলাদেশ মিউজিক্যাল ব্যান্ডস অ্যাসোসিয়েশন, সব ব্যান্ড একসাথে হয়ে এই কনসার্ট করছে।"

"বাহ ভালো তো, যা," বলে সে কম্পিউটারে 'ডুম' খেলতে লাগল।

"সোহান আর দিপু আসছে, ওরাও যাবে।"

বাসায় কম্পিউটার আসার বিষয়টা তখনও আমাদের কাছে একদমই নতুন। যে ঘরে কম্পিউটারটা থাকতো, সে ঘরে অবশ্যই জুতো খুলে প্রবেশ করতে হতো। প্লাস্টিক কভার দিয়ে যন্ত্রটির সবগুলো অংশ সুকৌশলে ঢাকা থাকতো। পরিষ্কার হাতে সেগুলো সরিয়ে তারপরই ব্যবহার করার নিয়ম ছিল। কম্পিউটার কেনার আগে, আমাদেরকে আবার বেসিক কোর্স করতে হয়েছিল। তখনও সে ধরনের ট্রেনিং সেন্টার

খুব একটা হয়ে ওঠেনি। অনেক কাঠখড় পুড়িয়ে একটা কম্পিউটার এডুকেশন সেন্টার খুঁজে পেতে হয়েছিল।

হাতিরপুলের সেই সেন্টারে ভর্তি হবার সময়, অফিসের অন্য একটা ঘর থেকে এক লোক গিটার হাতে "রেইন ড্রপ্স ফালিং অন মাই হেড" গানটি গাইতে গাইতে বের হয়ে আসে। চোখে পুরু চশমা। আমাকে দেখে বললেন, "কী বস, কী অবস্থা?"

আমি কোনো উত্তর খুঁজে পেলাম না। আমার সামনে যিনি বসা তাকে উদ্দেশ্য করে আবার হাসি মুখে বললেন, "নতুন স্টুডেন্ট নাকি, বস? ভালো ভালো..."

এই বলেই তিনি আবার গান গাইতে গাইতে চলে গেলেন। আমি অবাক হয়ে শুধু বললাম, "আরি, ইনি তো রেনেসাঁ ব্যান্ডের রেজা ভাই!"

আমার হতবাক হওয়া দেখে অফিসের লোকটি হেসে বলল, "হ্যাঁ, এই সেন্টারটা উনারই।"

"বস বললেন..."

"এখানে সবাই সবার বস। আজকে থেকে আপনারাও।"

আমি খুশি হয়ে গেলাম। আমিও বললাম, "ওকে, বস!"

যদিও আমরা রেজা ভাইকে সবসময় পেতাম না। তবে 'ফ্লপি ডিস্ক' থেকে যখন প্রথমবারের মতো 'হার্ড ডিস্ক' এলো, তখন তিনিই আমাদের সেটার সাথে প্রথম পরিচয় করিয়ে দেন।

*

সোহান আর দিপু বাসায় এসেই খেলায় মেতে উঠলো। ওরা আমাদের স্কুলজীবনের 'পার্টনারস ইন ক্রাইম' বলা যায়। স্কুল পালানো থেকে শুরু করে হলে গিয়ে সিনেমা দেখা, বাসায় ভিসিআরের ক্যাসেট

এনে লুকিয়ে লুকিয়ে দেখা কিংবা শুধুশুধুই লেকে বসে আড্ডা দেয়া– এসবই একসাথে করতাম মোটামুটি ।

কিন্তু ওদের এই কম্পিউটার খেলা আমি আর সহ্য করতে পারছিলাম না। বেশ কিছুক্ষণ পর বিরক্ত হয়ে বলে উঠলাম, “কি রে, তোরা যাবি না?”

দিপু বলল, “আরে দাঁড়া না, একটা লেভেল পার করে নেই...”

“তোরা থাক, আমি একাই গেলাম।” এই বলে আমি উঠে দাঁড়ালাম।

এবার সোহানও সবাইকে তাড়া দিয়ে বলল, “চল, সবাই উঠ। কি রে, ডালিম, তুই রেডি হইস নাই কেন?”

ডালিম বলল, “আমি যাবো?”

"হ্যাঁ চল।”

“আচ্ছা, চল।” বলে সেও আমাদের সাথে রওনা দিল।

আমি বললাম, “এই না তুই যাবি না বললি?”

“চল, তোদের কান ঝালাপালা করা চিল্লাপাল্লা শুনে আসি।” বলেই হাসতে লাগলো, অন্য দুইজনও ওর সাথে হাসিতে যোগ দিল।

আমি আরও বিরক্ত নিয়ে বললাম, “তোদের না গেলেও চলতো।”

১২

ইউনিভার্সিটির রেজিস্ট্রি বিল্ডিঙের মাঠে ওপেন এয়ার কনসার্ট। মলের মাঠ হিসেবেও পরিচিত ছিল তখন। বামবা'র আয়োজনে 'বৈশাখী কনসার্ট'। দেশের প্রথম সারির সব ব্যান্ড পারফর্ম করছে। রেনেসাঁ, ফিডব্যাক, সোলস, চাইম, উইনিং, নোভা, অবসিকিউর, ডিফারেন্ট টাচ, ফিলিংস, এলআরবি, ইন ঢাকা, রকস্ট্রাটা, ওয়ারফেজ, সবাই আছে আজ।

বামবা কনসার্ট এটাই প্রথম না। ইঞ্জিনিয়ারিং ইন্সটিটিউট, সোনারগাঁ বলরুম, শেরাটন হোটেল, শিশু একাডেমী, রাশিয়ান কালচার সেন্টার এমনকি গুলশান ক্রিকেট গ্রাউন্ড মাঠ, রাওয়া ক্লাবের মাঠ—কোনো ভেন্যুই বাদ থাকতো না, কনসার্ট হতো হরহামেশা।

১৯৮৮-র বন্যার সময় বন্যার্তদের ত্রাণের সাহায্যের জন্য বামবা একটা কনসার্ট আয়োজন করেছিল। ইঞ্জিনিয়ারিং ইন্সটিটিউটের সেই কনসার্ট বিপুল সারা ফেলে দেয় সেসময়। '৮৮-র ফ্লাড এইড কনসার্টের পর থেকে যেন কনসার্টেরও বন্যা শুরু হয়ে যায়।

মানবতার সেবায় রক মিউজিকের সংশ্লিষ্টতার ব্যাপারটা এই প্রথম না ঘটলেও, আমাদের দিয়েই কিন্তু এর শুরু। বিশ্বে প্রথম এইড কনসার্টটিও কিন্তু বাংলাদেশের জন্যই আয়োজন করা হয়। ১৯৭১ সালে মুক্তিযুদ্ধের সময় আর্থিকভাবে সাহায্য করার উদ্দেশ্যে আগস্টের এক তারিখে নিউ ইয়র্কের ম্যাডিসন স্কয়ার গার্ডেনে অনুষ্ঠিত হয় 'কনসার্ট ফর বাংলাদেশ'। কনসার্টের মূল উদ্যোক্তা ছিলেন বিটলস ব্যান্ডের জর্জ হ্যারিসন এবং পণ্ডিত রবি শংকর। বাংলাদেশের স্বীকৃতিস্বরূপ এই কনসার্টে তাদের পাশে এসে দাঁড়ান বব ডিলান, এরিক ক্ল্যাপ্টন, লিওন রাসেল, বিলি প্রেস্টন, রিংগো স্টার-সহ আরও অনেকে। ওই কনসার্টটি ছিল সেসময়ের সবচেয়ে বড় স্টেজ শো।

বাঙালি জাতি সবসময়ই সারা বছর জুড়ে নানা ধরনের উৎসব বেশ জাঁকজমকের সাথে করে আসছে। কিন্তু ১৯৯০-এর ষোলই ডিসেম্বরের বিজয় কনসার্টটি পুরো দেশের জন্যই বিশেষ অর্থবহ ছিল। স্বৈরশাসনের অবসানের পর সেটাই ছিল প্রথম বিজয় দিবস। তাই বামবা এর আয়োজন অনেক আগে থেকেই শুরু করে দেয়।

প্রথম পর্যায়েই হেভি ব্যান্ডগুলোও বাদ পড়ে যায়- রকস্ট্রাটা, ওয়ারফেজ, এইসেস, ইন ঢাকা। এই ব্যান্ডগুলোকে অনেকটা বাইরের 'বিগ ফোর'-এর মতো বলা যায়। ব্ল্যাক সাব্বাথ, লেড জ্যাপ্লিন, ডিপ পার্পল থেকে শুরু করে মেটালিকা, মেগাডেথ, ডিও, আয়রন মেইডেন; কিছুই কাভার করতে বাদ রাখত না। হেভিমেটাল ফ্যানদের কাছে একটু বেশি জনপ্রিয় ছিল বিগ ফোর। যেখানেই তারা শো করত, 'কনসার্টবাজ পোলাপান' সেখানেই গিয়ে হাজির হতো।

কিন্তু দেশীয় ও জাতীয় সাংস্কৃতিক দিবসগুলোতে বাংলা গান প্রাধান্য পাবে সেটাই স্বাভাবিক। বিগ ফোর মূলত হেভি মেটাল গান কাভার করতো, তাদের তখনো নিজস্ব কোনো বাংলা গান ছিল না। নিজেদের যাও কিছু গান ছিল, সেগুলিও সব ইংলিশ। সেদিন বিগ ফোরকে দর্শকের সারি থেকে আমাদের সাথে কনসার্ট দেখতে হয়েছিল।

পুরো ইউনিভার্সিটি প্রাঙ্গণ মানুষে টইটুম্বুর। কোথাও তিল পরিমাণ জায়গা খালি ছিল না। এলিফ্যান্ট রোডের তুষার এসেছিল গাড়ি নিয়ে। যদিও গাড়ি পার্কিংয়ের কোনো ব্যবস্থা ছিল না। যেখানে পার্কিং, সেখান থেকেই শো দেখতে হয়েছিল। তুষার গাড়ির ছাদে উঠে গিয়েছিল, ভালো করে শো দেখার জন্য। গাড়ি থেকে সহজেই রেজিস্ট্রি বিল্ডিঙের ছাদে ওঠা যাচ্ছিল, আর সেখান থেকে স্টেজটাও বেশ ভালো দেখা যাচ্ছিল। ব্যস, গাড়িটাকে সিঁড়ি হিসেবে ব্যবহার করে একে একে সবাই ছাদে ওঠা শুরু করে দিয়েছিল। সেদিন গান শুনে যখন আমরা পুরো অস্থির, তখন ফিডব্যাক 'মেলায় যাইরে' শুরু করে, আর জনতা ফেটে পড়ে। গানের তালে তালে সবাই নাচানাচি শুরু করে দিল, বিল্ডিঙের ছাদে তো

বটেই, গাড়ির ছাদও রেহাই পেল না। কনসার্ট শেষে দেখা যায় তুষারের গাড়ির ছাদ পুরোটাই বসে গেছে, পরে ডেন্ট করাতে হয়েছিল।

আজকের বৈশাখী কনসার্টের ঘটনাও প্রায় একই রকম। ইউনিভার্সিটি মাঠ একই রকম উত্তাল। চোখের সামনে একের পর এক সব লিজেন্ডারি ব্যান্ড স্টেজে এসে দুর্ধর্ষ পারফরমেন্স করে যাচ্ছে। এখনও ঠিক যেন বিশ্বাস হতে চায় না।

রেইনবো গলিতে যাওয়া-আসার সুবাদে মাঠের সবাই সবাইকে তখন চিনতাম। এমনও হয়েছে, নাম জানি না কিন্তু আমরা একে-অপরকে ঠিকই চিনি। আমাদের সবচেয়ে ভালো ব্যাপার ছিল, আমাদের সবার পরিচয় মিউজিক শোনার কারণে হয়েছিল, তাই স্কুল-কলেজের মতো সিনিয়র-জুনিয়র ব্যাপারটা জরুরি ছিল না।

ইমতি ভাইকে দেখলাম পুরো কনসার্টের সময় ছবি তুলে যাচ্ছে। একবার এমাথা থেকে ওমাথা, পুরো কনসার্ট মাঠে ছুটোছুটি করছে। তখন থেকেই ইমতিয়াজ আলম বেগ, ব্যান্ড ফটোগ্রাফার হিসেবে পরিচিত। সেসময়ের সব প্রথমসারির ব্যান্ডের ফটোগ্রাফি তারই হাতে তোলা। রেইনবো গলি থেকে রাস্তা পার হয়ে একটা দোতালা রেস্টুরেন্ট 'কুন্দন', সেখানে চা-আড্ডা হত ইমতির সাথে। এখানেও অনেক মিউজিশিয়ানরা আসতেন। কুন্দনের সাথে একটা হোটেল ছিল- 'ব্লু নাইল'। ঢাকার বাইরে থেকে যে সব মিউজিশিয়ানরা আসতো, তারা বেশিরভাগই এই হোটেলটাতে এসে উঠত। এলআরবি'র স্বপন অনেকদিন এই হোটেলের বাসিন্দা ছিলেন।

গলি থেকে প্রতিনিয়ত নতুন মিউজিশিয়ান আর ব্যান্ড তৈরি হচ্ছিল, সেটা তো আর বলার অপেক্ষা রাখে না। এই তো এখন ফিলিংস স্টেজে, সাথে বেইসিস্ট হিসেবে স্টেজে উঠেছে গলির এক বন্ধু সুমন, সেও কবির ভাইয়ের রাইটার্স ক্লাবের মেম্বার, সুপার বেইসিস্ট।

গতবারের কনসার্টে অংশগ্রহণ করতে না পারার ব্যাপারটি বিগ ফোর কিন্তু মানসিকভাবে মেনে নিতে পারেনি। অনেকটাই মুষড়ে পড়েছিল

তারা। ফিডব্যাকের মাকসুদ তাদের অনুপ্রেরণা দেন, বাংলায় গান লেখার জন্য। তিনি তাদেরকে বলেন, তিনিও বাংলা গান করতে প্রস্তুত ছিলেন না। এই কথা যখন আজম খান জানতে পারেন, মাকসুদকে ডেকে পাঠান একবার কথা বলার জন্য। এবং আজম খান তাকে বলেন, "মুক্তিযুদ্ধ করে অনেক কষ্টে আমরা স্বাধীনতা এনেছি, এখন এসব সংকীর্ণতার জন্য আমরা পিছিয়ে যেতে পারি।"

আজম খানের কাছে এই কথা শুনে মাকসুদের কাজ হয়েছিল। সেই একই কথা কাজে লাগলো বিগ ফোরের জন্যও! আজ তারা প্রথমবারের মতো বাংলা গান নিয়ে তৈরি। ইন ঢাকা, রকস্ট্রাটা, ওয়ারফেজ প্রথমবারের মতো বাংলায় গান করলো। রকস্ট্রাটা করলো "শেষ রাত্রি", "নির্বাসন", "সামান্য দুঃস্বপ্ন", "শান্তির স্বপ্ন"। ওয়ারফেজ করলো "স্বাধিকার", "কৈশোর", "একটি ছেলে" আর আজম খানের সম্মানে "আসি আসি বলে তুমি আর এলে না"। প্রথমবারের মতো আমরা এইসব গান শুনলাম। বাংলা রক গান যে এরকম হতে পারে, তা আমাদের ধারণাতেও ছিল না।

রকস্ট্রাটা'র পারফর্মেন্সের একটা বিশেষ মুহূর্ত ছিল ড্রাম সোলো। আমরা ওদের ড্রামারকে 'কানা ড্রামার' নামে চিনতাম তখন, মনে হয় তার চোখের মোটা চশমার কারণে। অনেক পরে গিয়ে ওর আসল নাম জেনেছি। এই ড্রামার যেখানেই শো করতো তার একটা সোলো থাকতোই। একবার আমার মনে পড়ে, পিংক ফ্লয়েডের "টাইম" গানটার সোলো করে, মাইলসের সাথে। সেটা অবশ্য আরও পরের ঘটনা, '৯৩ সালে বামবার আয়োজনে সেই কনসার্টটির নাম ছিল 'ব্লেইজিং'। রকস্ট্রাটার বেশিরভাগ সদস্য ততদিনে বিদেশ পাড়ি দেয়, সেসময় এই ড্রামার বেশ কিছুদিন মাইলস ব্যান্ডের সাথে কাজ করে। আজকের কনসার্টে মাইলস নেই, আগের '৯০-এর বিজয় কনসার্টেও পারফর্ম করেনি। মাইলস '৯২-তে বামবার আয়োজনে প্রথম ওপেন এয়ার শো করে, সেদিন 'এইসেস' এবং 'আর্ক' প্রথমবারের মতো পারফর্ম করে। ইংলিশ কভার আর নিজেদের বাংলা গান নিয়ে সবাই পারফর্ম করে। সুপার একটা শো হয়। সেদিন সেই কনসার্টটিতেই সম্ভবত আমরা

প্রথমবারের মতো টিকেট কেটে ওপেন এয়ার কনসার্ট দেখতে যাই। আজকের কনসার্টসহ ইউনিভার্সিটির দুটো কনসার্টই ফ্রি, দুটোই জাতীয় দিবসের জন্য আয়োজন করা।

কানার ড্রাম সোলো শুনে আমরা সবাই আউলা হয়ে যাই। কনসার্টের সবচেয়ে আকর্ষণীয় সময়টাও বোধ হয় ঐ পারফর্মেন্সটাই ছিল।

দীর্ঘ প্রতীক্ষিত বিগ ফোরের অ্যালবাম আমাদের আরও আগেই পাওয়ার কথা ছিল। এরা চেয়েছিল সবাই একসাথে একটা মিক্সড বাংলা হেভিমেটাল অ্যালবাম করতে। কিন্তু তাদের এমন জনপ্রিয়তা দেখে, রেকর্ড কোম্পানিও চাইছিল সবার আলাদা আলাদা অ্যালবাম করতে।

রেকর্ড কোম্পানির সুমতি বলতে হবে। এটা ছিল ব্যান্ড সঙ্গীতের জন্য বড্ড ভালো খবর। অথচ আজম খান থেকে শুরু করে আজকে যেসব ব্যান্ডগুলো পারফর্ম করছে, গান রেকর্ডিং করার জন্য তাদের কতই না চড়াই-উতরাই পার করে আসতে হয়েছে। হেভি ব্যান্ডগুলোর ক্ষেত্রে তো সেই কথা আরও বেশি প্রযোজ্য।

১৯৮১ সালে ইফতেখার, মাহমুদ আর মিঠুকে নিয়ে প্রথম হেভি মেটাল ব্যান্ড 'ওয়েভস' যাত্রা শুরু করে। পরে '৮৩-তে কামাল, শফিক আর মিনু যোগ দেয়। আরও পরে ব্যান্ডে যোগ দেয় গিটারিস্ট ভোকালিস্ট নুটু আর ড্রামার মিল্টন আকবর। ফিডব্যাক খ্যাত মাকসুদকে নিয়ে তারা '৮৫ সালে গাইড হাউজে দুর্দান্ত একটা শো করে। তারও অনেক পরে, নব্বই দশকের মাঝামাঝি সময়ে ইফতেখার নতুন উদ্যমে তার তিন ভাই এহতেশাম, ইমতিয়াজ, ইন্তেখাবকে নিয়ে ওয়েভসের একমাত্র অ্যালবাম "পুরনো স্মৃতি" রিলিজ করে। অ্যালবামটিতে রকস্ট্রাটা ব্যান্ডের মুশফিকও কাজ করেন।

আশির দশকের মাঝামাঝি সময়টাতেই বিগ ফোরের জন্ম হয়। এরা সবাই আবার একে অপরের ভালো বন্ধুও বটে। পাশ্চাত্য হার্ড রক আর হেভি মেটাল এদের সবার প্রেরণা।

হেলাল, মীর, নাইমুল, বাপ্পিকে নিয়ে কমল ১৯৮৪ সালে 'ওয়ারফেজ' ব্যান্ড তৈরি করে। কমল তখন ব্যান্ডের বেইস গিটার বাজাতো। হেলাল, মীর, বাপ্পি ব্যান্ড ছেড়ে দেয়ার পর কমল গিটারে চলে আসে। ব্যান্ডে বেইস গিটারে যোগ দেয় বাবনা, ড্রামার হিসেবে টিপু আর ভোকালে রেশাদ। নাইমুলের বিদেশ চলে যাওয়ায় ব্যান্ডের দুরবস্থা দেখা দিল। ইন ঢাকা'র মাসুক আর এইসেস ব্যান্ডের ফুয়াদ অতিথি গিটারিস্ট হিসেবে ওদের সাথে কনসার্টে বাজানো শুরু করে। তখনও এইসব ব্যান্ডগুলো শুধু ইংলিশ গান কাভার করতো। এরপর প্রথম অ্যালবামের সময় ভোকালের দায়িত্ব নেয় সঞ্জয়, আর কীবোর্ড-গিটারে রাসেল যোগ দেয়। ওয়ারফেজের প্রথম অ্যালবাম রিলিজ হয় ১৯৯১ সালে।

ইমরান, মইনুল, আরশাদ, মাহবুব, ১৯৮৫-তে প্রথমে ভোকালিস্ট আসিফকে নিয়ে 'রকস্ট্রাটা'র যাত্রা শুরু করে। পরে '৮৭-তে আসিফের পরিবর্তে শোয়েব এবং পরে ১৯৯১ সালে বাংলা গায়ক হিসেবে মুশফিক যোগ দেয়। রকস্ট্রাটা'র প্রথম অ্যালবাম রিলিজ হয় ১৯৯২ সালে।

প্রায় এই একই সময়ে মাসুক, জয়, তুষার, গোর্কি, রাজন, শান্ত গঠন করে 'ইন ঢাকা'; তাদের একমাত্র অ্যালবাম "নিঃশব্দ কোলাহল" রিলিজ হয় ১৯৯১ সালে।

এদিকে ফুয়াদ, সাঈদ, রবি, কিশোর, রোমেল, শমী মিলে করে ব্যান্ড 'এইসেস'; দুঃখজনকভাবে ব্যান্ডটি তাদের অ্যালবামের কাজ আর কখনোই শেষ করতে পারেনি।

১৩

আজকে আমরা যে কনসার্ট দেখছি, এই পরিবেশ কিন্তু এত সহজে আসেনি। মুক্তিযুদ্ধের পর সে আরেক অন্যরকম যুদ্ধ ছিল।

সেসময় আজম খানের উচ্চারনের পাশাপাশি আরও অনেক ব্যান্ড গড়ে উঠেছিল। 'আগলি ফেইজস', ওমর খালেদ রুমির ব্যান্ড 'আন্ডারগ্রাউন্ড পিস লাভারস', 'টাইম অ্যা গো মোশন' এরকম আরও বেশ কিছু ব্যান্ডের আবির্ভাব হয়। যদিও এসব ব্যান্ডের স্থায়িত্ব ক্ষণিকের, কিন্তু ব্যান্ড ইতিহাসে এদের সবার সংগ্রাম অনস্বীকার্য।

তৎকালীন ঢাকার আসাদ গেইটের ডিম্পল রেস্টুরেন্টে নিয়মিত শো করতেন ফুয়াদ নাসের বাবু, হামিন আহমেদ, শাফিন আহমেদ, নয়ন মুন্সী, পিয়ারু খান প্রমুখ।

সত্তরের মাঝামাঝি সময় ফোয়াদ নাসের বাবু, সেলিম হায়দার, খোকা, মুরাদ, পপসি, জাকিরকে নিয়ে 'ফিডব্যাক টুয়েন্টিয়েথ সেঞ্চুরি' গঠন হয়। পরবর্তীতে পপসি ও জাকিরের পরিবর্তে মাকসুদ ও পিয়ারু খান যোগ দেন; ব্যান্ডের নাম তখন ছোট করে শুধু 'ফিডব্যাক' রাখা হয়। '৮৫ এবং '৮৭ সালে তারা পর্যায়ক্রমে দুটি অ্যালবাম রিলিজ করে। প্রথম অ্যালবাম 'ফিডব্যাক ভলিউম-১' তখন সবার ঘরে ঘরে ছিল! তাদের দ্বিতীয় অ্যালবাম 'উল্লাস' সম্ভবত বাংলা কোন ব্যান্ডের প্রথম হিট অ্যালবাম; মাকসুদ প্রথমবারের মতো বাংলায় গান রেকর্ড করেন এই অ্যালবামে। তৃতীয় অ্যালবামের সময় লাবু রহমান ব্যান্ডে গিটারিস্ট হিসেবে যোগ দেন। '৯০-তে বের হওয়া অ্যালবাম 'মেলা' ছিল সুপার হিট।

সত্তরের মাঝামাঝি সময়ে হামিন আহমেদ ও শাফিন আহমেদ, ল্যারি, কামাল আর রনিকে নিয়ে তাদের প্রথম ব্যান্ড 'ব্যারাক' গঠন করেন। ওমর খালেদ রুমি গঠন করেন 'অ্যাবনরমাল থ্রি প্লাস ওয়ান'।

একই সময়, ষাটের দশকের 'লাইটনিং' ব্যান্ডের ফরিদ, হ্যাপি আখন্দ, কামাল, ল্যারি, ম্যান্ডেজ, ইশতিয়াক, মুসা, রবিনকে নিয়ে গঠিত হয় 'মাইলস' ব্যান্ড। তারা নিয়মিত ঢাকা ক্লাবে পারফর্ম করা শুরু করে। কিছুদিন পরই ব্যান্ডে হামিন আহমেদ ও শাফিন আহমেদও যোগ দেন। তারা হোটেল ইন্টারকন্টিনেন্টালে নিয়মিত পারফর্ম করার সুযোগ পান। আশির দশকের প্রথম দিকে ইংলিশ কিছু কাভার করা গান নিয়ে তারা তাদের প্রথম অ্যালবাম রিলিজ করেন। '৮২ সালে তারা শিল্পকলা একাডেমিতে প্রথম একক ব্যান্ড হিসেবে কনসার্ট করেন। এরপর '৮৪ সালে তারা দ্বিতীয় অ্যালবাম রিলিজ করেন, অ্যালবামের অধিকাংশ গান ইংরেজি মৌলিক গান ছিল।

সেসময়ই মাইলস এবং ফিডব্যাক শীর্ষ ব্যান্ড হিসেবে স্বীকৃতি পায়। দুটি ব্যান্ডই বিটিভিতে একাধিক শো করে।

সত্তর দশকে দেশের অন্য প্রান্তে, চট্টগ্রাম শহরে গড়ে উঠে 'সোলস' ব্যান্ডটি। তখনকার দিনে চট্টগ্রামের সবচেয়ে প্রখ্যাত ব্যান্ড ছিল সোলস। তপন চৌধুরী, কুমার বিশ্বজিৎ, নাসিম আলি, নকীব খান, পিলু খান, আইয়ুব বাচ্চু প্রমুখ এই ব্যান্ড দিয়েই তাদের যাত্রা শুরু করে। প্রথম অ্যালবাম "সুপার সোলস" বের হয় ১৯৮০ সালে। "মন শুধু মন ছুঁয়েছে", "তোকে পুতুলের মতো করে সাজিয়ে" এইসব অনবদ্য গান দিয়ে সহজেই সবার দৃষ্টি আকর্ষণ করে। কুমার বিশ্বজিৎ ব্যান্ড ছেড়ে সোলো ক্যারিয়ার করতে চলে যান। এরপর '৮২ সালে বের হয় ব্যান্ডের অ্যালবাম "কলেজের করিডোরে"। আশির দশকের মাঝামাঝি সময়ে নকীব খান ও পিলু খান সোলস থেকে বেরিয়ে আসেন। ততদিনে সোলসের নামডাক সারা দেশ জুড়ে। '৮৭ সালে সোলসের তৃতীয় অ্যালবাম "মানুষ মাটির কাছাকাছি" রিলিজ হয়। পরের বছরই "ইস্ট অ্যান্ড ওয়েস্ট" রিলিজ হয়, অ্যালবামটিতে তারা ছয়টি গান বাংলায় এবং ছয়টি গান ইংরেজিতে রেকর্ড করে। এরপর আইয়ুব বাচ্চুও ব্যান্ড ছেড়ে চলে যান। বাচ্চুর স্থানে ব্যান্ডে পার্থ বড়ুয়া যোগ দেন।

সত্তর দশকেই চট্টগ্রাম শহরে আরও একটি ব্যান্ডের আবির্ভাব হয়, ব্যান্ডের নাম 'ফিলিংস'। ব্যান্ডের প্রধান, জেমস ছিলেন দুর্দান্ত গিটারিস্ট আর একইসাথে তার ছিল অসাধারণ গায়কী শক্তি। ক্লাস সেভেনে পড়ার সময় সেই ছেলেটি হাতে গিটার তুলে নেয়। ক্লাস এইটে পড়ার সময় বাড়ি থেকে বেরিয়ে আসে। একটা ডরমেটরিতে থাকা শুরু করে দেয়, যার নাম ছিল 'আজিজ বোর্ডিং হাউজ'। 'ফিলিংস' নামের এক ব্যান্ডের মেম্বারদের সাথে তার পরিচয় হয়, তিনি সেখানে ব্যান্ডে যোগ দেন গিটারিস্ট আর গায়ক হিসেবে। পুরনো কয়েকজন ব্যান্ড থেকে একে একে চলে গেলে জেমস ব্যান্ডের হাল ধরেন। তার সাথে রইল; ড্রামার ফান্টি, বেইস গিটারে স্বপন আর কীবোর্ডে পাবলো। ১৯৮৬ সালে ঢাকায় এসে তারা প্রথম অ্যালবাম "স্টেশন রোড" রেকর্ড করে। চট্টগ্রাম ছাড়িয়ে অতি দ্রুত সারাদেশে এই ব্যান্ডের নাম ছড়িয়ে পড়ে। প্রথম অ্যালবামেই তারা সব ধরনের শ্রোতাদের আকৃষ্ট করতে সক্ষম হয়। এরপরের বছর জেমস একটা সোলো অ্যালবামও করেন, "অনন্যা"। এই অ্যালবামটিতে জেমস মূলত বিভিন্ন ইংলিশ গানের সুরে কিছু বাংলা গান করেছিলেন। পরিচিত সুরে নতুন বাংলা গান শুনে শ্রোতারা বেশ আপ্লুত হয়। '৮৯ সালে ফিলিংস দ্বিতীয় অ্যালবাম "জেল থেকে বলছি" রিলিজ করে, ড় অ্যালবামটি রক শ্রোতারা সাথে সাথে লুফে নেয়।

অন্যদিকে আশির দশকের মাঝামাঝি সময়ে সোলস ব্যান্ড ছেড়ে নকীব ও পিলু; রেজা, রুমি, মটো আর বগীকে নিয়ে 'রেনেসাঁ' ব্যান্ড যাত্রা শুরু করে। উদ্দেশ্যে—জ্যাজ, ব্লুজ, র‍্যাগে ধরনের গান করা। '৮৮ সালে তারা প্রথম অ্যালবাম বের করে। শ্রোতা মহলে বিপুল সারা ফেলে দেয় সেই অ্যালবামটি।

প্রায় একই সময় ফজল তার ব্যান্ড 'নোভা' গঠন করেন। '৮৮-তে প্রথম অ্যালবাম "আহ্বান" এবং '৯০-তে দ্বিতীয় "রাজাকারের তালিকা চাই" বের হয়।

'অবসকিউর' ব্যান্ডের প্রথম দিকে ছিলেন টিপু, আজম বাবু, সোহেল, তুষার, জন, মাসুদ, আহসান। '৮৬-তে তাদের প্রথম

অ্যালবাম, ’৮৮-তে দ্বিতীয় অ্যালবাম বের হয়। দুটি অ্যালবামই প্রচুর জনপ্রিয় ছিল সে সময়। ’৯০ সালে অবসকিউর তৃতীয় অ্যালবাম “স্বপ্নচারিণী” বের করে। সেসময়ের আরেকটি ব্যান্ড “ডিফারেন্ট টাচ” এর প্রথম অ্যালবাম বের হয় ১৯৮৭ তে।

‘৮৩ সালের প্রথম দিকে চন্দন, রঞ্জন ও শেলীকে নিয়ে গঠিত হয় ‘উইনিং’। পরে হায়দার হোসেন ও ড্রামার টিপু ব্যান্ডে যোগ দেন। এক ব্যান্ডের সদস্য অন্য ব্যান্ডে কাজ করবে—সেটা খুবই স্বাভাবিক ছিল তখন থেকেই! উইনিং ও ওয়ারফেজ দুটি শীর্ষস্থানীয় ব্যান্ডেই বাজাতেন টিপু।

খালিদ, টুলু, ইমন ও সুমনকে নিয়ে তৈরি হয় ব্যান্ড ‘চাইম’। পরে টুলু বেরিয়ে গিয়ে গিটারিস্ট পঞ্চমকে নিয়ে গঠন করেন ‘আর্ক; ’৯১-তে, শামিমকে ভোকালে নিয়ে বের হয় তাদের প্রথম অ্যালবাম “মুক্তিযুদ্ধ”। ’৯২-তে রকব্রিগেড ব্যান্ডের ভোকাল শিশির আর্কে যোগ দেয়, ’৯৩-তে তার স্থানে আসে হাসান।

সোলস ব্যান্ড ছেড়ে আইয়ুব বাচ্চু; তার সাথে স্বপন, টুটুল আর জয়কে নিয়ে ‘এলআরবি’ বা ‘লিটল রিভার ব্যান্ড’ গঠন করে। ১৯৯২ সালে এলআরবি দেশের প্রথম ডাবল ক্যাসেট রিলিজ করে। অসাধারণ সব গান নিয়ে এই ডাবল অ্যালবামটি বাংলা ব্যান্ডের ইতিহাসে এক মাইলফলক। এরপূর্বে বাচ্চু দুটি সোলো অ্যালবাম রিলিজ করেন; ’৮৬-তে “রক্তগোলাপ” এবং ’৮৮-তে “ময়না”, দ্বিতীয় অ্যালবামটি অধিক সমাদৃত হয়। এলআরবি, পরবর্তীতে ‘লাভ রানস ব্লাইন্ড’ নামে নিজেদেরকে পরিচিত করে।

১৪

আজকের কনসার্টে এই সব কিংবদন্তি ব্যান্ডগুলোকেই চোখের সামনে দেখছি। ভাবতেই অবাক লাগছে নিজের কাছে।

এলআরবি এখন স্টেজে। তারা একের পর এক গান করে যাচ্ছে, সঙ্গে বাচ্চুর অনবদ্য গিটার। গানের সাথে সাথে শুরু হয়ে গেল সবার নাচানাচি, মানে ধাক্কাধাক্কি। কেউ এই সুযোগে সামনে যাওয়ার চেষ্টা করছে, আবার একদল করছে পানির বোতল ছোড়াছুড়ি। ঠিক সে সময় আমার মাথায় একটা বোতল এসে পড়লো।

খুব বেশি ব্যথা অনুভব করিনি। ভাবলাম প্লাস্টিকের পানির বোতল, কী আর হবে। ডালিম মাটি থেকে বোতলটা কুঁড়িয়ে নিল, ছুঁড়ে ফিরিয়ে দেবে। কিন্তু এ কী, আমরা দুজনেই হতবাক, এটা তো দেখি একটা কাঁচের বোতল। ততক্ষণে আমার মাথা থেকে টপটপ করে রক্ত পড়া শুরু হয়ে গেছে। ডালিমের মুখ ফ্যাকাসে হয়ে গেছে। ও হাত থেকে বোতলটা ফেলে দিয়ে, আশেপাশে সোহান আর দিপুকে খুঁজছে। ওরা ততক্ষণে স্রোতের সাথে অনেক সামনে চলে গেছে।

ডালিম জলদি আমাকে নিয়ে কনসার্ট থেকে টেনে বের করে আনল। আমাকে বলল, "হাত দিয়ে জায়গাটা চেপে রাখ।"

রাস্তায় নেমে একটা রিকশা নিলাম আমরা। ডালিম রিকশায় উঠে জিজ্ঞেস করলো, "কী অবস্থা?"

আমি বললাম, "এখনও ব্যথা খুব একটা টের পাচ্ছি না, রক্ত পড়াটাও আন্ডার কন্ট্রোল।"

"তাহলে বাসার কাছের ক্লিনিকটাতে যাই? ওইখানে আমার পরিচিত আছে।"

আমার উত্তরের অপেক্ষায় না থেকে ও রিকশাওয়ালাকে কলাবাগান যেতে বলল।

পুরো রাস্তায় আমরা দুই ভাই আর কোনো কথা বলিনি। ডালিম খুব দুশ্চিন্তায় পড়ে গেল। আমাকে নিয়ে তো অবশ্যই, কিন্তু সেটার থেকেও নিশ্চয়ই তার বড় চিন্তা, বাসায় কী বলবে।

অন্যদিকে আমি চিন্তা করছি আমার মাথাটা ঠিক আছে কি না! অনেক সিনেমায় দেখায় এরকম আঘাতে স্মৃতিশক্তি লোপ পায়। আমি এবার একটু ভয় পেতে শুরু করলাম। বিভিন্ন ব্যান্ডের গান মনে করার চেষ্টা করলাম, পারছি তো! ব্যান্ডের সদস্যদের নাম মনে করার চেষ্টা করছি—ওয়াটার্স, গিলমোর, রিক রাইট, নিক ম্যাসন আর সীড... এই তো পিংক ফ্লয়েডের সবার নাম বলতে পারছি। নাহ, বড্ড সোজা হয়ে গেল।

আমি ডালিমকে বললাম, "একটা ব্যান্ডের নাম বলতো।"

"কী? ব্যান্ডের নাম? মাথায় ব্যথা পেয়ে আবার পাগল হয়ে গেলি নাকি?"

"সেটাই তো টেস্ট করছি?"

"কী জানি, আমি কি তোর মতো এত গান শুনি? আমার একটাই ব্যান্ড, ডায়ার স্ট্রেইটস..."

"হ্যাঁ...মার্ক নফলার আর তার ভাই ডেভিড নফলার, পরে অবশ্য ডেভিড ব্যান্ড ছেড়ে দেয়..."

"থাক আপাতত তোকে আর ইতিহাস কপচাতে হবে না। তোর মাথা আগে থেকেই খারাপ, এটা আর নতুন করে খারাপ হওয়ার কোনো চান্স নাই। আমরা চলে এসেছি, নামতে পারবি নিজে নিজে? দেখি আমার পরিচিত লোকটাকে পাই কি না..."

“তোর পরিচিত, মানে?”

“এর আগেও একজনকে নিয়ে আসছিলাম স্টিচ দিতে।”

“এই কি বলিস, সেলাই লাগবে নাকি?”

“মনে তো হচ্ছে, কিন্তু আমি ভাবছি বাসায় কী বলব...”

আমি একদম চুপসে গেলাম। ক্লিনিকের গেইটের কাছে দাঁড়িয়ে পড়লাম।

“আয়, স্টিচের কথা শুনে ভয় পেলি নাকি? নাও লাগতে পারে...”

আমি তাও অপ্রস্তুত ভঙ্গিতে দাঁড়িয়েই আছি। ডালিম আমাকে টেনে নিয়ে ভেতরে ঢুকায়। আর বলে, “আরে চিন্তা করিস না, আমি আছি না?”

চার-চারটা স্টিচ লাগলো! কিন্তু আশ্চর্য ব্যাপার, আমি বিশেষ ব্যথা পাইনি। স্টিচ দেয়ার সময় শুধু মনে হয়েছে কেউ মাথায় চিমটি কাটছে!

ক্লিনিক থেকে আমাদের বাসা হাঁটা পথ, একটা গলি পরই। কিন্তু তাও আমরা একটা রিকশা নিলাম। ভালোই হলো, কেমন যেন একটু ঝিমঝিম লাগছে।

“বাসায় কী বলি?” ডালিমকে খুব চিন্তিত লাগছে, “কনসার্ট দেখে মাথা ফাটায়ে আসছি, এই ঘটনা তো বলা যাবে না...”

আমিও সাথে সাথে বললাম, “না না আব্বা-আম্মা জানলে সারাজীবনের জন্য কনসার্ট দেখা বন্ধ হয়ে যাবে, সামনে অনেকগুলা শো আছে...”

“আমি চিন্তা করি মাইর খাওয়া থেকে কেমনে উদ্ধার পাই, আর তুই আছোস কনসার্ট দেখা নিয়া। কেন যে গেলাম আজকে তোর সাথে...”

“তুই না থাকলে খবর ছিল আমার আজকে। থ্যাংকস।”

“রাখ তোর থ্যাংকস। সাথে একটা ক্যাপ থাকলে ভালো হতো। আচ্ছা তুই না ব্যান্ডের ক্যাপ পরিস! আজকেই কেন নিয়ে বের হলি না। আশ্চর্য!”

“চল, আগে কাউকে কিছু না বলে মেজাপ্পিকে জানাই, ও একটা বুদ্ধি দিতে পারবে নিশ্চয়ই।”

১৫

বাসার গেইট দিয়ে ঢোকার সময় ডালিম একটা নামাজের টুপি বাড়িয়ে দিল আমার দিকে। আমি অবাক হয়ে বললাম, "এটা পেলি কই?"

"পকেটেই ছিল। সাবধানে পরিস, আবার ব্যাথার জায়গাটায় যেন না লাগে।"

সবাইকে এড়িয়ে বাসায় ঢুকে যাই ঠিকই, কিন্তু প্রথমেই বড় আপার সাথে দেখা। আমার মাথার টুপি দেখেই বুঝতে পারে কিছু একটা হয়েছে। আপা বলে, "কী হয়েছে রে, তুই টুপি মাথায় ঘুরছিস কেন?"

আমি থতমত খেয়ে বললাম, "কই? কিছু না তো..."

ডালিম বড় আপাকে ইশারা করে মেজ আপার ঘরে আসতে বলে। আমরা ঘরের ভেতর ঢোকার পর ডালিম ঘরে দরজা ভেতর থেকে বন্ধ করে দিল। মেজ আপা অবাক হয়ে বলে, "তোদের আবার কী হইলো? তোর মাথায় টুপি কেন রে, কালা? আব্বার পেয়ারে হইতে চাস?"

আমি বীরের বেশে মাথা থেকে টুপি খুলে ফেলি। আপা-মেজ আপা দুজনেই আঁতকে উঠে বলে, "ও মা, এটা কী হইছে?"

ঠিক এসময় দরজায় নক। এক-দুই-এক-দুই-তিন। এটা আমাদের ভাইবোনদের নক কোড। আমাদের হট্টগোল টের পেয়ে মেজভাই এসেছে মনে হয়।

মেজভাই ঘরে ঢুকেই বলে, "কী হয়েছে রে? তোরা আবার কী অঘটন করে এসেছিস?"

মেজ আপা বলে উঠলো, "কুন্তাকিন্তে মাথা ফাটায়া আসছে!"

মেজভাই, "কই দেখি?"

ডালিমের দিকে তাকিয়ে জিজ্ঞাসা করে, "স্টিচ লাগছে?"

ডালিম উত্তর দেয়, "হ্যাঁ, চারটা।"

বড় আপা তারস্বরে বলে ওঠে, "চারটা!"

মেজভাই আমার মাথাটা ভালো করে দেখে। "কোথায় করিয়েছিস?"

ডালিম বলে, "সেকেন্ড লেনের ক্লিনিকটায়..."

"আমায় ডাকলি না কেন?"

"ইউনিভার্সিটি থেকে আসতেই তো অলরেডি অনেক সময় নষ্ট করে ফেলেছি, তাই আর রিস্ক নেই নাই।"

"ভালো করেছিস..."

মেজ আপা বলে উঠে, "ওয়েট, আজকে না ইউনিভার্সিটিতে কনসার্ট ছিল? তোরা আমাকে না নিয়ে কনসার্টে গিয়েছিলি?"

মেজভাই সে কথায় কান না দিয়ে চিন্তিত ভাবে বলে, "মারামারিতে পড়েছিলি নাকি?"

ডালিম হেসে উঠে, "আরে না না, একটা কাঁচের বোতল হঠাৎ উড়ে এসে ঠিক মিলনের মাথাতেই পড়ল। পোলাপান প্লাস্টিকের বোতলই ছোড়াছুঁড়ি করছিল, কিন্তু কোথা থেকে যে কাঁচের বোতল আসলো, কিছুই বুঝলাম না।"

আমি বললাম, "এখন আব্বা-আম্মাকে কী বলি?"

বড় আপা অবাক হয়ে বলে, "যেটা হয়েছে সেটাই বলবি, আবার কী বলবি?"

মেজভাই বলল, "ডালিম শুধু শুধু বকা খাবে মিলনের জন্য, বেচারা তো নিশ্চয় যেতেই চায় নাই।"

আমি কাঁচুমাচু স্বরে বললাম, "আমিও বলি নাই যেতে, ও নিজে থেকেই গেছে।"

মেজভাই একটু রেগে গিয়ে বলে, "গিয়েছিল দেখেই এখনও কথা বলতে পারছিস, ব্যাপারটা যে কত সিরিয়াস দিকে টার্ন নিতে পারতো, সেটা বুঝিস?"

আমি চুপসে গেলাম। মেজ আপা বলল, "আমি জানি কী বলে পার পাওয়া যাবে আব্বার হাত থেকে, কিন্তু আমি বলবো না। তোরা আমাকে রেখে কেন কনসার্ট দেখতে গেলি..."

আমি, "বলো না, তোমাকে নিয়ে যাই না সবসময়? বেচারা ডালিম একদম ফেঁসে যাবে। আর সামনে আরও অনেক শো আছে, সত্যি তোমাকে নিয়ে যাবো। এখন বেচারাকে উদ্ধার করো।"

"আচ্ছা যা, বলবি, তোরা রাস্তা দিয়ে হেঁটে যাচ্ছিলি, এমন সময় আন্ডারকন্সট্রাকশন একটা বাসা থেকে ইটের একটা টুকরো তোর মাথায় এসে পড়েছে।"

মেজভাই বলে উঠে, "ব্রিলিয়ান্ট!"

প্রতিদিন দুপুরে রেডিও বাংলাদেশে 'ওয়ার্ল্ড মিউজিক' হতো। 'বাংলাদেশ বেতার' তখনও 'রেডিও বাংলাদেশ' নামে পরিচিত ছিল। কোনোদিন সব রক গান, কোনোদিন রিকোয়েস্টের গান আবার চার্ট নিউজ সবই হতো। সপ্তাহের একেকদিন একেক রকম অনুষ্ঠান। পাশ্চাত্য গানের শ্রোতা তৈরিতে ওয়ার্ল্ড মিউজিকের অবদান অনস্বীকার্য। ১৯৭৩ সাল থেকেই ওয়ার্ল্ড মিউজিক শুরু হয়। প্রথম অবস্থায় সপ্তাহে একদিন হতো, রাত দশটার সময়। আমরা যখন শুনতাম শ্রোতা চাহিদায় ততদিনে এই অনুষ্ঠান দুপুরে চলে এসেছিল। প্রথম অবস্থায় আধা ঘণ্টা হতো, পরে এক ঘণ্টায় উত্তীর্ণ হয়।

'ওয়ার্ল্ড মিউজিক' শুনছি টেলিফোনের স্পিকার দিয়ে। এই রেডিও আমাদের নিজেদের তৈরি করা। লম্বা গুনাতারের এক প্রান্ত বাইরের মাটিতে গুঁজে দিতাম, আর আরেক প্রান্ত ছাদে। দুই প্রান্তের তার জানলা দিয়ে ঘরে এনে, টেলিফোন সেট থেকে খুলে আনা স্পিকারে লাগিয়ে দিতাম। শুরু হয়ে যেত 'রেডিও বাংলাদেশ'।

আমার জানলা দিয়ে কে যেন ডাকছে। তাকিয়ে দেখি তুষার। এলিফ্যান্ট রোডের তুষার না, এটা আমার স্কুল-কলেজ কাম পাড়াত বন্ধু। দুই তুষার নাম নিয়ে সমস্যা এড়ানোর জন্য, এই তুষারকে আমরা একেক সময় একেক নতুন পদবী দিতাম। কখনও হেপা-তুষার, কখনও বেক্সি-তুষার এইধরনের নাম। একেক সময় একেক রকমের কষ্টসাধ্য আইডিয়া ওর মাথায় চেপে বসতো। যেমন এখন চলছে, পদব্রজে ঢাকা ট্যুর প্রজেক্ট। উদ্দেশ্যহীনভাবে একেকদিন একেকদিকে বেরিয়ে পড়ে। আমিও বেশ কয়েকদিন কোমরে ওয়াকম্যান আর কানে হেডফোন দিয়ে ওর সঙ্গী হয়েছি। সত্যি ঢাকা শহরের অলিগলিতে যে কত রকমের জায়গা আছে, সেটা এই তুষারের সাথে না বের হলে জানা হতো না।

আমি দোতালার জানলা দিয়েই জিজ্ঞেস করলাম, "আজকে কোন দিকে যাচ্ছিস?"

তুষার বলল, "আজকে যাব না কোথাও। তুই নিচে নাম, কোয়ার্টারে যাবো। খসরুর সাথে দেখা হইছিল, তোকে নিয়া যাইতে কইল।"

"আচ্ছা দাঁড়া, নামছি।"

*

স্টাফ কোয়ার্টারস। কলাবাগানের ঠিক পেছনে, মিরপুর রোড থেকে শুরু করে গ্রীনরোড অবধি বিশাল এলাকা নিয়ে এই সরকারি আবাসন। অনেকগুলো মাঠও ছিল। এই তল্লাটেও অনেক বন্ধু জুটে গেল। মূলত খসরুর অ্যাপার্টমেন্টের সামনের মাঠটি আমাদের খেলার জায়গা ছিল। সবধরনের খেলা চলতো সেখানে। আমি কখনও কোনো খেলাতেই ভালো ছিলাম না। ব্যাডমিন্টন ছাড়া আমি কিছু খেলেছি বলে মনেও পড়ে না। তাও খুবই নিম্নমানের প্লেয়ার ছিলাম।

খসরু মাঠেই দাঁড়িয়ে ছিল। আমাকে দূর থেকে দেখে, পকেট থেকে একটা ক্যাসেট বের করে দেখাল। আমি শুধু দেখলাম লাল, নীল, হলুদ, বেগুনী কয়েকটা মাথার অবয়ব। আমি সাথেসাথে বললাম, "ওয়ারফেজের অ্যালবাম বের হয়ে গেছে?"

খসরু বলল, "আজই বের হয়েছে। আমি এখনও শুনি নাই। চল, মুন্তাসিরের বাসায় যাই।"

মুন্তাসির অন্য একটা বিল্ডিংয়ে থাকে। মুন্তাসিরের বাবা সরকারি ফটোগ্রাফার, প্রেসিডেন্টের সাথে কাজ করেন। আমাদের সাথে উনি বেশ বন্ধুসুলভ ছিলেন। খসরু তার কাছ থেকেই ফটোগ্রাফির হাতে খড়ি নিচ্ছে। মুন্তাসিরের নেশা বিভিন্ন দেশের রেডিওর খবর শোনা। আমি যখনই ওকে বাসায় পেয়েছি, তখনই দেখি ও রেডিওর ব্যান্ড ঘুরাচ্ছে!

ওর রেডিওটাও বেশ পাওয়ারফুল ছিল। বাসায় ঢুকেই আমি বললাম, "আজ কোন দেশে গেলি, দোস্ত?"

মুন্তাসির বলল, "ওয়েলস রেডিও।"

অন্য ভাষা বুঝিস ক্যামনে?"

মুন্তাসির হেসে বলল, "ইংল্যান্ড-আমেরিকা ছাড়া আরও সত্তরটি দেশের ভাষা ইংলিশ। আর প্রায় সব দেশেরই একটা করে ইংলিশ রেডিও চ্যানেল থাকে।"

খসরু বলে, "এখন এগুলি বন্ধ করবি? এই ক্যাসেটটা ছাড় দেখি।"

ক্যাসেটের প্রথমেই একটা অট্টহাসি দিয়ে "একটি ছেলে" গানটি শুরু হলো। আমরা সবাই হতভম্ব হয়ে শুনছি। এইগানটাই প্রথম সেদিন কনসার্টে শুনি আমরা। এরপর চলতে লাগলো– "বসে আছি", "বিচ্ছিন্ন আবেগ", "স্বাধিকার", "নিস্তব্ধতা", হিট গান "কৈশোর"। আমার ভালো লাগলো "আশা", "রাত্রি", "বৃষ্টি নেমেছে", "সন্ধ্যা"। এক অ্যালবাম ভরতি সব গানই দারুণ। এটা কী করে সম্ভব?

আজ থেকে বাংলা গান যেন অন্য পর্যায়ে চলে গেল। পুরো অ্যালবাম চলাকালিন আমরা কোনো কথা বলতে পারলাম না, শুধুই অবাক হয়ে শুনলাম।

মুন্তাসিরের বাসা থেকে বেরিয়ে বললাম, "ক্যাসেটটা কার রে?"

খসরু বলল, "আমি আজকেইকিনছি। তুই চাইলেও দিব না।"

আমার ফন্দিটা সে আগেই ধরে ফেলেছে। আমি হাসতে হাসতে বলি, "কোথা থেকে কিনলি, সেটা বল।"

"নিউমার্কেটে গেছিলাম, তখন নিয়ে আসলাম।"

আমি চিন্তা করছি, বাসায় গিয়ে আজকে কাকে পটানো যায়, যে আমাকে ক্যাসেটটা আজই কিনে দিবে। এই ক্যাসেট যে আমার আজই চাই!

বাসায় ফিরে দেখি মেজভাই ব্যাগ গোছাচ্ছে, আজই আবার ফিরে যাচ্ছে আলীগড়ে। আমি ঘরে ঢুকতেই বলল, "নিউমার্কেট গিয়েছিলাম।"

তারপর একটু হেসে বলল, "তোর জন্য একটা স্পেশাল হিন্দি ক্যাসেট কিনে আনলাম।"

বলে আমার দিকে একটা ক্যাসেট ছুঁড়ে দেয়। আমি মুখ বাঁকিয়ে ক্যাচ ধরি ক্যাসেটটা। এ কী?! প্রথমে বিশ্বাস হতে চায় না, এটা তো ওয়ারফেজের অ্যালবামটাই।

আমি চিৎকার করে উঠি, "ইয়াহু! ইউ আর দ্য বেস্ট!"

আমরা এমনি আড্ডা প্রিয় ছিলাম যে, অনেক সময় সকাল-বিকাল-রাত গড়িয়ে অন্য আরেক দিন শুরু হয়ে যেত! যদিও আমাদের ভাইবোনদের রাতে বাসার বাইরে থাকার কোনো সুযোগ ছিল না। কিন্তু আমাদের বাসায় বন্ধুবান্ধব অথবা কাজিনরা প্রায়ই রাতে থেকে যেত। সকাল পর্যন্ত চলত গান-আড্ডা-গিটার।

রাতে হঠাৎ যদি খিদে পেলে, লুকিয়ে বাসা থেকে বেরিয়ে যেতাম। হেঁটে চলে যেতাম শাহবাগ মোড়ে। সেখানে রাত একটার পর ডিম-পরোটা হতো। পুরো শহর ঘুমিয়ে পড়লেও শাহবাগ সবসময় জেগে থাকতো।

একবার এক আত্মীয়ের বিয়ের অনুষ্ঠানের সময়, আমার কাজিন সিজার রাতে থেকে গেল। সিজারও প্রচুর গান শুনে, আর তাই ওরর সাথে আনার বেশ ভালোই সময় কেটেছে একসময়। তখন অনেক রাত, বাসার সবাই ঘুমিয়ে পড়েছে। আমরা "ব্রিজ ওভার ট্রাবল্ড ওয়াটার" শুনছিলাম। ঠিক তখনই ইলেক্ট্রিসিটি চলে গেল। সিজার বলল, "ইস! এখন সত্যি যদি একটা ব্রিজের উপর যাওয়া যেত।"

আমি বললাম, "চল, বেরিয়ে পড়ি।"

"সেতুর খোঁজে?"

"হ্যাঁ, ভোরের আগেই ফিরে আসবো। কেউ টেরও পাবে না।"

আমরা সত্যিই বেরিয়ে পড়লাম। আমরা দুজন মোড়ের দোকান থেকে দু'টা পান মুখে পুরে একটা রিকশা নিলাম। গন্তব্য সদরঘাট।

ঠিক যখন আমরা সদরঘাট সেতুর কাছে পৌঁছে গেছি, তখনই পেছন থেকে একটা পুলিশের গাড়ি এসে আমাদের রিকশা থামাল। একজন

পুলিশ নেমে এসে আমাদের জিজ্ঞাস করলো, "এত রাতে আপনারা কোথায় যাচ্ছেন? নেমে আসুন।"

সিজার বলল, "আমরা এমনি ঘুরতে বেরিয়েছি।"

আমরা রিকশা থেকে নামলাম। পুলিশ বলল, "নেশা করে এসেছেন? নাকি করতে যাচ্ছেন?"

আমরা তো হতবাক। কী বলবো বুঝতে পারছি না। আমি বললাম, "না না। আমরা আসলেই এমনি এসেছি ঘুরতে ঘুরতে।"

পুলিশ কিছুতেই আমাদের কথা বিশ্বাস করছে না। থানায় নিয়ে যাবেই। এমন সময় আমাদের রিকশাচালক বলল, "না, স্যার, এরা ভালো ছেলে। কোনো কুমতলব নাই। সেতুর ওপর দাঁড়াইয়া হাওয়া খাইতে আইসে।"

রিকশাচালক এতক্ষণ আমাদের সব কথাই শুনেছে। তার কাছ থেকে এমন একটা সার্টিফিকেট পেয়ে আমরা অবাক। পুলিশ মনে হয় তার কথা কিছুটা হলেও বিশ্বাস করলো। তাকেই বলল, "এই তুমি একটু এইদিকে আসো তো।"

রিকশাচালককে পুলিশ ভ্যানে নিয়ে গেল। একটু পর সে আমাদের কাছে ফিরে এসে বলল, "টাকা-পয়সা কিছু আছে সাথে?"

সিজার বলল, "হ্যাঁ, হ্যাঁ, আমি দিচ্ছি।"

আমি বললাম, "কীসের টাকা? কেন দিব?"

"প্লিজ, তুমি আর ঝামেলা করো না। চলো টাকা দিয়ে তাড়াতাড়ি ভাগি এইখান থেকে। থানায় নিয়ে গেলে বাসায় জানাজানি হবে, কী দরকার।"

আমি বেশ বিরক্ত হলাম। কিছু বললাম না। সিজারের কাছে যা টাকা ছিল সে বের করে দিয়ে দিল। পুলিশ বলল, "এত রাতে আর বের হবেন না, যান ছেড়ে দিলাম।"

আমি বললাম, "আমরা যে কাজে এসেছিলাম সেটা করে বিদায় হচ্ছি।"

সিজার রেগে গিয়ে বলল, "মিলন, রিকশায় উঠ এক্ষুণি। চল।"

"আরে দাঁড়া না, এসেছি যখন ব্রিজ ওভার ট্রাবল্ড ওয়াটার ব্যাপারটা একটু দেখেই যাই।"

বলে আমি সোজা ব্রিজটার দিকে এগিয়ে যাই। পুলিশও আর কিছু বলল না, তাদের আসল উদ্দেশ্য মনে হয় পুরণ হয়েছে। গাড়ি ঘুরিয়ে চলে গেল।

১৮

ছেলেদের লম্বা চুল হালফ্যাশান কি না, তা জানি না। তবে রক মিউজিশিয়ানরা তো বটেই, আমাদের মতো সব শ্রোতাদেরও মাথা ভরতি চুল। গলিতে যারা আসছে তাদের বেশিরভাগই রকএন'রোল আউটফিট। জিন্স-টিসার্ট-জ্যাকেট-বুট মোটামুটি সবার ইউনিফর্ম। স্বয়ং কবির ভাইয়েরও দীর্ঘ চুল, চোখে জন লেননের গোল ফ্রেমের চশমা। এলিফ্যান্ট রোডের তুষারের গানস এন' রোজেসের স্ল্যাশের মতো কার্ল চুল। আমার সাথে তুষারের পরিচয় রেইনবোতেই। সেও রাইটার্স ক্লাবের মেম্বার। আগে যে কয়েকবার দেখেছি আমার মনে আছে, ও কখনও স্থির হয়ে একজায়গায় দাঁড়াতে পারে না।

কবির ভাই পরিচয় করিয়ে দেন, "তোমরা দুজন ছাড়া আর কেউই কিন্তু রনি জেমস ডিও'র গানটা ধরতে পারে নাই। তুষারও কিন্তু একটা ক্যাসেট জিতে নিয়েছে।"

"ও তুমিও ডিও ফ্যান নাকি?" এই বলে তুষার হাত তুলে ডিও'র ডেভেলস হর্ন দেখায়।

তুষারদের বাসা রেইনবো থেকে তিন-চারটা বাসা পরেই। পুরনো আমলের তিনতলা বাড়ি। অনেকটা আমাদের কলাবাগানের বাসার মতোই। তুষারের রক এন'রোল ঘরে ব্যান্ডের পোস্টার তো আছেই, সারা ওয়াল জুড়ে আবার বিভিন্ন ব্যান্ডের নাম, ব্যান্ড টাইপো, গানের কথা লেখা। এমনকি ছাদের সিলিং পর্যন্ত বাদ রাখেনি সে! সিলিং থেকে একটা দড়ি নেমে এসে, মানুষের আকৃতির একটা পুতুলের গলায় ফাঁস লাগিয়ে ঝুলছে। হুডি আর জিন্স পরা সেই ম্যানসাইজ পুতুলটা দেখে হঠাৎ মনে হতে পারে, তুষার নিজেই গলায় দড়ি দিয়েছে। ব্যাপারটা যারা আগে থেকে জানতো না, তারা রুমে ঢুকেই চিৎকার দিত!

আমি মনে মনে ভাবি, আমার বাবা-মাকে যদি একবার এই ঘরটাতে নিয়ে আসা যেত! আমার ঘরের চার দেয়ালে শুধু ব্যান্ডের কিছু পোস্টার সাঁটানো, তাতেই কিনা আমাকে প্রায়ই বাবার কাছে বকা খেতে হয়।

রক লিসেনারদের বন্ধুত্ব হতে বেশি সময় লাগে না। আমরা প্রতিদিন একসঙ্গে ঘুরে বেড়াচ্ছি, গান শুনছি। তুষার ওর বাবার কাছ থেকে গাড়ির চাবি কৌশলে চুরি করে এনে ওদের গাড়ি নিয়ে বেরিয়ে যাচ্ছি। কোনো উদ্দেশ্য ছাড়াই। তুষারের গাড়ির স্পিড, গানের তালের সাথে বাড়ছে এবং কমছে। গাড়িতে আমরা সাধারণত হেভি মেটাল শুনি, তাই গাড়ির গতি সবসময়ই একটু বেশি!

একসময় আমি লক্ষ্য করলাম, তুষারের সাথে মেশার পর থেকে এই পাড়ার অন্যান্যরা আমাকে এড়িয়ে চলছে। সাব্বির একদিন বলল, "ডিও, তুমি নাকি আজকাল তুষার ভাইয়ের সাথে ঘুরে বেড়াও?" রনি জেমস ডিও'র অতিমাত্রায় ভক্ত হওয়ার কারণে অনেকেই আমাকে সেই নামে ডাকত!

সাব্বিরও নিয়মিত গলিতে আসে। দুনিয়ার তাবৎ বিষয়ে সে জানতো, আমরা তাকে 'সবজান্তা সাব্বির' আখ্যা দেই। সব নতুন খবর তার কাছের প্রথম পাওয়া যেত। আমি উত্তরে বললাম, "তুষার, আবার ভাই নাকি?"

"কেন তুমি জান না? তুষার ভাই এই এলাকার রংবাজ।"

আমি অবিশ্বাসের সাথে বললাম, "তুষার রংবাজ! কী বলো?"

"হ্যাঁ, তুমি ভালো ছেলে তাই তোমাকে আগে থেকে জানিয়ে রাখলাম।"

"আমি ভালো ছেলে, সেটাই বা সার্টিফাই করলো কে?" আমি হাসতে হাসতে বললাম, "যাক ভালোই হলো, রংবাজ হওয়ার একটা স্বপ্ন ছিল।"

"সবাইকে দিয়ে সবকিছু হয় না।"

আমি আর কথা বাড়ালাম না। তুষারকেও এই নিয়ে কিছু বললাম না। এমনকি তুষারের বাসায় যাতায়াতও কমলো না, বরং আরও একটু বেড়ে গেল বলা যায়।

তুষার এরমধ্যে ওর দোতালার ঘর ছেড়ে দেড়তলায় চলে আসলো। দেড়তলার সেই ঘরটি বাসা থেকে সম্পূর্ণ আলাদা। এমনকি ঐ ঘরে ঢুকতে বাসার গেইট দিয়েও যেতে হতো না। রাস্তার পাশের ওয়ালে উঠে বারান্দা দিয়েই ঘরটাতে যাওয়া-আসা করা যেত। আমাদের আড্ডা-গান আরও বেড়ে গেল।

একসময় একটা ড্রাম সেট জোগাড় করা হলো। প্রথমে ওদের গ্যারাজে কিছুদিন বাজানো হলো। পরে ঘরেই নিয়ে এলাম। সারাদিন-রাত লাউড ভলিউমে গান আর ধুপধাপ ড্রামিং চলছে। আমি ভাবতাম, এই বাড়ির সবার কী অসম্ভব সহ্যশক্তি। কিন্তু ব্যাপার দেখি পুরোই উল্টো; তুষারাও সাত ভাইবোন, কেউ এসে আমাদের সাথে আড্ডা দিচ্ছে, কেউ আবার ড্রাম পিটিয়ে যাচ্ছে কিছুক্ষণ। এই অত্যাচার চলল বেশ কিছুদিন।

১৯

বিদেশি কালচারাল সেন্টারগুলো প্রায়ই বিভিন্ন শিল্পীদের নিয়ে এসে শো করাতো। জার্মান 'গ্যাটে ইন্সটিটুট', ফ্রেঞ্চ 'আলিয়াস ফ্রসেজ', ব্রিটিশ কাউন্সিল, ইউএস এমব্যাসি, রাশিয়ান কালচার সেন্টার–সবাই বিদেশি শিল্পীদের নিয়ে আসে। বেশির ভাগই জ্যাজ মিউজিক, সবই প্রায় ফ্রি হয়। গ্যাটে-তে একবার এক পিয়ানিস্ট এসে তো বেশ একটা জ্যাজ ক্লাস নিয়ে গেলেন। এসব সেন্টারগুলো আবার বিদেশী মুভিও দেখায়। আমি সাধারণত কোনোটাই মিস দিই না।

জাকির হোসেনকে সরাসরি দেখছি। এটা দেখতে গিয়েই আমি প্রথমবারের মতো বুঝতে পারলাম, আন্তর্জাতিক মানের শিল্পী কাদেরকে বলে। শুধু একজোড়া তবলা দিয়ে কীভাবে মিউজিক করা যায় তা না দেখলে বিশ্বাস হয় না। কখনও মনে হচ্ছে হল জুড়ে বৃষ্টি হচ্ছে, কখনও তালে তালে হারিয়ে যাচ্ছি। ইন্ডিয়ান হাই কমিশনের আয়োজনে কয়েকদিন ধরে চলছে এই শো। রবি শঙ্কর, হরিপ্রাসাদ চৌরাশিয়া, শিবকুমার শর্মা, এল সুব্রামানিয়াম আছেন। চৌরাশিয়ার দিন জাদুঘরে উপচে পড়া ভিড়। কী করে নাকি টিকেট নকল হয়ে গেছে, তাই দর্শক প্রায় দ্বিগুণ হয়ে গেছে। হলে জায়গা না পেয়ে অনেকেই ফিরে যাচ্ছিল। তৎক্ষণাৎ চৌরাশিয়া নিজেই ঘোষণা দেন, তিনি আরও একটি শো করবেন, যারা আজকে ফিরে যাচ্ছে তাদের উদ্দেশ্যে। আমি চৌরাশিয়াকে দুইদিনই পারফর্ম করতে দেখি।

নিয়মিত বিশ্বসাহিত্য কেন্দ্রের আয়োজনে চক্রে যাওয়া শুরু করলাম। কলেজ পড়ুয়া ছাত্ররা একেক সপ্তাহে একেকটা বই নিয়ে যায়। সপ্তাহ শেষে একটা "চক্র" হয়, সেখানে সবাই তার বইটা নিয়ে আলোচনা করে। আব্দুল্লাহ আবু সাঈদ স্যার নিজে সেদিন উপস্থিত থাকেন। সবাইকে আবার একটা খাতা দেয়া হয়েছে, আমরা সেখানে বইয়ের প্রিয় উক্তি, ব্যাখ্যা ইত্যাদি লিখে আনি। স্যার সেগুলি মন দিয়ে পড়েন, মন্তব্য করেন। সবশেষে সবার কাছে জানতে চান, আমরা কী শিখলাম। পরের

দিকে এইসব সাপ্তাহিক চক্রে যাওয়া ছেড়ে দিলাম। শুধু যে বই পড়া হয়ে যেত, সেটা বদলে নতুন বই নিয়ে আসতাম। পুরো চক্র শেষে একটা পরীক্ষা টাইপ কী জানি হয়, আমি সেটার খোঁজও রাখিনি। বই পড়াটাই আমার কাছে মূল উদ্দেশ্য ছিল। একসময় বিশ্বসাহিত্য কেন্দ্রের প্রায় সব বইই আমি পড়ে ফেলি!

বাসায় বই পড়াটা অনেকটা 'রিলে রেস'-এর মতো হয়। একটা নতুন বই পেলে, সেটা একজনের হাত থেকে আর একজনের হাতে যায়। তারপর আরেকজন, এভাবে আমরা সব ভাইবোন আর মা, সবাই এক বইই পড়ছি। বই যে নিয়ে এসেছে সে পড়ার ক্ষেত্রে অগ্রধিকার পায়। তারপর যারা সবচেয়ে দ্রুত পড়ে শেষ করতে পারে, তারা আগে পড়ার সুযোগ পায়। বই জমাতে জমাতে একসময় আমরা একটা লাইব্রেরি বানিয়ে ফেলেছিলাম। তিনতলার সেই ঘরে আলমারি ভর্তি শুধু বই আর বই। সেবা থেকে শুরু করে রাশিয়ান বই, কলকাতার লেখকদের উপন্যাস, সেই সাথে রবীন্দ্রনাথ, নজরুল এসব তো আছেই। তার সাথে আছে প্রচুর পরিমাণে বাংলা-ইংলিশ কমিকস। ব্যাটম্যান, সুপারম্যান, আর্চিস, অ্যাস্ট্রিক্স, টিনটিন থেকে শুরু করে ইন্দ্রজাল, বেতাল, চাচা চৌধুরী, নন্টে-ফন্টে; কিছুই বাদ যেত না।

শিডনি শেলডন, কেন ফলেট, এরিক সেগাল, জেফ্রি আর্চার, ড্যানিয়েল স্টিল, জ্যাক কলিন্স—এদের সবার বই আমি প্রথম পড়ি, কাজল ভাইয়ের থেকে ধার এনে। কাজল ভাইয়ের সাথে পরিচয় হয় গলিতেই। ভদ্রলোক 'ক্রুনার' গানের দারুণ ভক্ত। জনি ম্যাথিস, প্যাট বুন, টম জোন্স, লুই আর্মস্ট্রং, রয় অরবিসন, জিম রিভস, ন্যাট কিং কোল, রে চার্লস, পেরি কমো, ডিন মারটিন, আল মারটিনো, পল আঙ্কা, টনি ব্যানেট, ফ্রাঙ্ক সিনাট্রা—এরা সবাই ক্লাসিক ক্রুনার সিঙ্গার। ক্রুনাররা সাধারণত সব ধরনের জনপ্রিয় গানগুলো রেকর্ড করে, এসব গানকে 'পপ স্ট্যান্ডার্ড' বলা যায়। এরা সবাই মোটামুটি একজনের গান আরেকজন, কোনো এক সময় রেকর্ড করে বা লাইভ পারফর্ম করে। আর কাজল ভাইয়ের নেশা এইসব গানের সবগুলো ভার্সান জোগাড় করে

শোনা। আমিও কাজল ভাইয়ের পাল্লায় পড়ে এইসব গান শুনে ফেললাম, যদিও আমি রক গানের পাগল।

একদিন কাজল ভাই রেইনবোর সামনের 'ভাই ভাই' টি-স্টলে চা খেতে খেতে বললেন, "আমি একজনের কাছে একটা এলপি দেখেছিলাম, তোমার প্রিয় গিটারিস্ট জেফ বেক আর এরিক ক্ল্যাপ্টন একসাথে বেশ কয়েকটা ট্র্যাকে লাইভ করে।"

আমি বললাম, "এআরএমএস বেনিফিট কনসার্টটার কথা বলছেন?"

"না, তারও আগে যেটা হয়েছিল, 'সিক্রেট পুলিশম্যান্স আদার বল'।"

আমি উত্তেজিত হয়ে যাই, "আরেহ, এটা তো আমি শুনি নাই!"

"স্টিং, ডোনোভান আর ফিল কলিন্সও আছে। সম্ভবত '৮১ সালের লাইভ।"

"এটা কার কাছে আছে, কাজল ভাই? আমাকে প্লিজ রেকর্ড করার ব্যবস্থা করে দেন।"

"যার এলপি তার সাথে এখন আর আমার বন্ধুত্ব নেই।"

আমি তখন সেটা ঠিক বুঝতে পারলাম না। একসময় বন্ধু ছিল, এখন নেই। সেটা কী করে সম্ভব?

কাজল ভাই বলে গেলেন, "আমি তোমাকে তার ঠিকানা দিতে পারি, বাকিটা তোমাকেই করে নিতে হবে।"

"ঠিক আছে দেন। উনার নাম কী?"

"মজার ব্যাপার হচ্ছে, তার নামও কাজল।"

আমি অবাক হয়ে বলি, "বলেন কী? ডাবল কাজল!"

আমি যথারীতি একটা ব্ল্যাঙ্ক ক্যাসেট নিয়ে ছুটে যাই দ্বিতীয় কাজলের খোঁজে। জায়গার নাম, উত্তরখান। আমি আগে কখনও আসিনি। অনেক কষ্টে উনার বাসা খুঁজে পাই, আরেকটু হলে রাস্তা হারিয়ে ফেলেছিলাম প্রায়।

সন্ধ্যা হয়ে গেছে। একতলা বাসা, বারান্দা পেড়িয়ে নক করতেই এক ভদ্রলোক দরজা খুললেন, "কে তুমি, কি চাই?"

আমি কোনো ভণিতা ছাড়াই বললাম, "আমি শুনেছি আপনার কাছে 'সিক্রেট পুলিশম্যান্স লাইভ' অ্যালবামটা আছে, আমাকে প্লিজ রেকর্ড করে দিন, আমি ব্ল্যাঙ্ক ক্যাসেট নিয়ে এসেছি।"

আমি পকেট থেকে ক্যাসেটটা বের করে বাড়িয়ে ধরলাম। তিনি খুব একটা অবাক হলেন বলে মনে হলো না। নির্বিকার সুরে বললেন, "ভেতরে এসো।"

ঘরে ঢুকে আমার আক্কেল গুড়ুম। এই ঘরের চারিদিকে ছড়ানো ছিটানো শুধু এলপি! খুবই অগোছালো, বোঝাই যাচ্ছে একদমই যত্ন নেয়া হয় না। তিনি বললেন, "এখন তো খুঁজে পাবো না। তুমি ক্যাসেটটা রেখে যাও, আমি রেকর্ড করে রাখব।"

আমি ক্যাসেটটা টেবিলের উপর রেখে বললাম, "ঠিক আছে আমি তাহলে যাই এখন। ক্যাসেটটা রেকর্ড হলে, কয়েকদিন পরে এসে নিয়ে যাব।"

"আচ্ছা...দাঁড়াও আমিও একটু বেরুবো।" এই বলে তিনি আমাকে কাছেই একটা ছাপড়ায় নিয়ে গেলেন। একটা হোটেলের মতো, কিন্তু বেশ অন্ধকার আর কেমন একটা বিশ্রী গন্ধ। বুঝতে পারলাম এখানে বাংলা চোলাই বিক্রি হয়। তিনি আমার জন্য চা-পুরি দিতে বললেন, আর তার জন্য এলো গ্লাস ভর্তি পানীয়!

কোথায় থাকি, কি করি এইসব আলাপ হলো। আমার চা-পুরি শেষে আমি উঠে দাঁড়ালাম। তিনি বললেন, "তুমি যাবা?"

"জি, রাত হয়ে যাচ্ছে, বাসায় ফেরা দরকার।"

"আচ্ছা, তুমি এক কাজ কর, তিন-চার দিন পর আমার বনানী অফিসে এসে ক্যাসেটটা নিয়ে যেও।" এই বলে তিনি পকেট থেকে একটা বায়িং হাউজের কার্ড বের করে দিলেন। বোঝাই যাচ্ছে উনি রেকর্ডিং বাবদ সরাসরি আমার কাছে কোনো টাকা দাবি করবেন না। তাই হোটেল থেকে বের হবার সময় পুরো বিল দিয়ে বের হলাম। দূর থেকে তিনি ব্যাপারটা বুঝতে পারলেন, সেখান থেকেই বললেন, "পুরো বিল দিয়ে দিচ্ছ?"

"হ্যাঁ, কাজল ভাই, দিয়ে দিসি।"

"আচ্ছা যাও, রেকর্ডিং বাবদ কাটাকাটি।" বলে হেসে দিলেন।

আমি চলে আসি। কদিন পর ক্যাসেটটাও নিয়ে আসি তার অফিস থেকে। কিন্তু আশ্চর্য ব্যাপার তিনি একবারও আমাকে জিজ্ঞেস করেননি, তার খোঁজ আমি কী করে পেলাম। হয়তো তিনি বুঝতে পেরেছিলেন ঠিকই, কিন্তু কিছু বলেননি। যে বন্ধুত্বের সম্পর্ক নষ্ট হয়ে গেছে, তার কথা মনে হয় শুনতেও রাজি না তিনি। এরপর এই কাজল ভাইয়ের সাথে আর কোনোদিনও দেখা হয়নি। কিন্তু মজার ব্যাপার হচ্ছে, এই ঘটনার কিছুদিন পর আসল কাজল ভাইও উধাও হয়ে যান। তার সাথেও আমার পরে আর কখনও দেখা হয়নি। দুই কাজল ভাইয়ের রহস্যটা কখনও জানা হয়নি।

এরকমভাবে গলিতে অনেক অজানা মুখ আসে-যায়। কেউ আবার চিরদিনের জন্য হারিয়েও যায়।

২০

মেজভাই আলীগড়ে থাকার সুবাদে মা প্রায়ই ইন্ডিয়া যেত, প্রয়োজনের থেকে একটু বেশিই যেত। মা আসলে ঘুরে বেড়াতে পছন্দ করে। একেকবার একেক ভাইবোনকে নিয়ে যেত। এইবার আমার পালা, সঙ্গে মেজ আপাও যাবে, যদিও মার সাথে সে আগেও একবার গিয়েছে।

প্রথমে গেলাম কলকাতা। আমি কখনও আগে আসিনি, কিন্তু তাও সবই চিনতে পারছি। হাওড়া, গড়ের মাঠ, ভিক্টোরিয়া মেমোরিয়াল, রাস্তাঘাট, এই ট্রাম চলে যাওয়া–সবই যেন খুব পরিচিত। আসলে কলকাতার লেখকদের বই পড়ে পড়ে, এই শহরের মানচিত্র সব আগে থেকেই মাথায় গেঁথে গেছে। কিছুই অপরিচিত মনে হয় না।

আমরা সাদ্দার স্ট্রিটের একটা হোটেলে উঠলাম। হোটেলের ম্যানেজার মাকে দেখে বলে উঠলো, "ম্যাডাম, চলে এসেছেন? খুকিকে দেখি আবার নিয়ে এসেছেন। এটা কে, ছেলে?"

আমি মেজ আপাকে টিপ্পনি কেটে বলি, "বাহ! খুকি, তুমি তো দেখি বিদেশেও ফেমাস।"

মেজ আপা ভুল করে বলে ফেলে, "বিদেশে এসেও আমার হাতে লাথি খেতে চাস?"

"হাতের লাথি খেতে কোনো অসুবিধা নাই, জাস্ট পা ব্যবহার করো না, তাহলেই হবে।"

মা আমাদের ঝগড়ায় বিরক্ত হয়ে বললেন, "কী শুরু করলি তোরা? আমার মাথাটা এমনি ধরেছে। একটু রেস্ট নেয়া দরকার।"

মা শুয়ে পড়ল, মেজ আপা গোসল করতে গেল। আমি এই রকমই একটা সুযোগের অপেক্ষায় ছিলাম। সাথে সাথে হোটেল থেকে বেরিয়ে

পড়ি। গন্তব্য, ফ্রি স্কুল স্ট্রিট। শুনেছি সেখানে নাকি রেকর্ড আর ক্যাসেট পাওয়া যায়। সেখানে গিয়ে আমি আসলেই অবাক হয়ে যাই, আসলেও রাস্তার দুই ধারে এলপি আর ক্যাসেটের মার্কেট! ঘুরতে ঘুরতে প্রায় সাত-আটটা ক্যাসেট কিনে ফেললাম, এগুলোর কোনোটাই দেশে পাওয়া যাবে না।

হোটেলে ফিরতে ফিরতে সন্ধ্যা হয়ে গেল। ফিরে দেখি মা আর মেজ আপা দুইজনই চিন্তিত মুখে ম্যানেজারের সাথে বসে আছে। আমাকে দেখে ম্যানেজার বলে উঠলো, “আরেকটু হলেই তোমার মা পুলিশে রিপোর্ট করতে যেত।”

মা বলল, “আর কোনোদিন যদি তোকে নিয়ে আসি...”

আমি জানতাম এরকমই কিছু শুনতে হবে। মা বলেই চলল, “দেখি, কয়টা ক্যাসেট কিনেছিস? সব টাকা কি ক্যাসেট কিনেই শেষ করে ফেলবি নাকি?”

আমি বললাম, “টাকা না আম্মা, রুপিয়া।”

মা আরও রেগে গিয়ে বলে, “তুই থামবি?”

আমার দুর্গতি দেখে মেজ আপা বেশ মজা পাচ্ছে। সে বলল, “আম্মার মেজাজ পুরা চড়ে আছে। আমরা তোকে খুঁজতে গিয়ে পুরো নিউ মার্কেট দুইবার ঘুরে ফেলছি।”

ও খিলখিল করে হেসেই যাচ্ছে।

*

নেক্সট স্টপ, আলীগড়। কলকাতা থেকে ট্রেনে চেপে আলীগড় যেতে একদিন লাগে। ওয়েস্ট বেঙ্গল টু উত্তর প্রদেশ। আলীগড় শহর, মূলত আলীগড় ইউনিভার্সিটিকে ভিত্তি করেই গড়ে উঠেছে। পুরো শহরই একটা আস্ত ক্যাম্পাস। মেজভাই ও তার বন্ধুরা সবাই একটা বাসা ভাড়া

করে থাকে। জায়গাটা শহর থেকে একটু বাইরে, তাই বেশ নিরিবিলি পরিবেশ। দোতালা বাসায় ঢুকতেই একটা উঠান, চারপাশে যার যার ঘর। নিচেই এক কোনায় রান্নাঘর, পালা করে নিজেরাই রান্না করে। উঠানের এক জায়গায় সারি সারি মোটরবাইক। ইউনিভার্সিটি বা শহরে যাওয়ার জন্য সবাইকেই মোটরবাইক কিনে নিতে হয়েছে।

মেজভাইয়ের সাথে যারা এখানে থাকছে, তারা বেশিরভাগই তার কলেজের, এক কথায় বলা যায় ঢাকা থেকে এসেছে। তাই সবাই আমার সাথে আগে থেকে পরিচিত। শুধু পরিচিত বললে ভুল হবে, এখানে এমন অনেকেই আছে, যাদের সাথে আমার বয়সের অল্প কিছুটা পার্থক্য থাকলেও, প্রকৃতপক্ষে এরাও আমার একরকম বন্ধু। এরকমই একজন জুয়েল ভাই। মেজভাইয়ের মতো সেও আমাকে বেশ ভালোই বুঝতে পারে। তাই আমাকে দেখে প্রথমেই জুয়েল বলল, "কি মিলন, ক্যাসেট কিছু কেনা হলো?"

"হ্যাঁ, সাত-আটটা কিনেছি।"

"মাত্র!" এই বলে সে হেসে বলল, "বিকেলে আমার সাথে এক জায়গায় যাইস।"

বিকেলে জুয়েলের বাইকে চড়ে রওনা দেই। ও বলল, "শহরের ভেতরে লাইব্রেরী বিল্ডিঙয়ের কাছে একটা রেকর্ডিং সেন্টার আছে। আমি অনেক রেয়ার অ্যালবাম পেয়েছি। আজকে অর্ডার করলে সাত-আট দিনে পেয়ে যেতে পারিস।"

দোকানটা দেখে আমি হতাশ হলাম। আমাদের দেশের পাটুয়াটুলির দোকানগুলো যেমন হয়, অনেকটা সেরকম। আর তারা শুধু ক্যাসেট টু ক্যাসেট রেকর্ডিং করে দেয়, এলপি নেই। কিন্তু কালেকশনটা আসলেও বেশ ভালো। আমি দুটো ক্যাসেট করতে দিলাম, 'ইয়ার্ডবার্ডস'।

আলীগড়ে বেশ কিছুদিন কাটিয়ে দিলাম। সারাদিন কারো না কারো বাইকের পিছনে টো টো করে ঘুরে বেড়াচ্ছি। রাতে শহরে গিয়ে সিনেমা

দেখছি। রাতের আঁধারে ত্রিশ-চল্লিশটা বাইকের শব্দ নিস্তব্ধতা কেটে বেরিয়ে যাচ্ছে। কোনো কোনো রাতে ছাদে আড্ডা দিয়ে কাটিয়ে দেই। এসময়ই আমি প্রথমবারের মতো স্টারফল দেখি! এর আগে আমি কখনও আকাশে তারা খসতে দেখিনি। শুধু তাই না, স্টারফল দেখার মোটামুটি একটা রেকর্ড করে ফেললাম বলা যায়। আমি যখনই রাতে ছাদে উঠতাম তখনই একটা করে স্টারফল দেখতে পাই!

এরপর একটা মাইক্রোবাস রেন্টে নিয়ে রোড ট্রিপে বেরিয়ে পড়লাম। দিল্লি, আগ্রা, জয়পুর, রাজস্থান, চণ্ডীঘর, সবশেষে হিমাচল প্রদেশ। অদ্ভুত ছোট্ট সুন্দর শহর, সিমলা। বেশিরভাগ এলাকাতেই পায়ে হেঁটে চলতে হয়। এরপর গেলাম সিমলার আর একটু উপরের দিকে, কুলু। নৈঃস্বর্গিক সৌন্দর্য, যাকে বলে। গাড়ি এগিয়ে চলছে আরও উপরে, এবার কিন্তু গাড়ি একটু ধীর গতিতে চলছে। কারণ বাকি রাস্তা পুরোটাই পাহাড় ঘুরে উঠতে হচ্ছে। অবশেষে মানালি, পৌঁছলাম। লোকাল পোশাক পরলাম, ঘোড়ায় চড়লাম, প্রথমবারের মতো বরফ ছোড়াছুড়ি করলাম। রাতে একটা হোটেলে উঠলাম। মাঝরাতে হঠাৎ পানির শব্দে ঘুম ভেঙে যায়। পর্দা সরিয়ে দেখি আমার জানালার পাশ দিয়ে সরু একটা পাহাড়ি ঝরনা বয়ে চলছে!

আলীগড় ফিরে এসে ক্যাসেট দুইটা নিলাম। আলীগড়ে আরও দু'দিন থেকে আবার কলকাতার উদ্দেশ্যে রওনা দিলাম।

কলকাতা ফিরে পরদিন সকালে আমি যথারীতি ফ্রি স্কুল স্ট্রিটে ফিরে গেলাম। কলকাতায় আর মাত্র এই একদিনই সময় পাবো। তাই মা আর মেজ আপাকে অনেক কষ্টে রাজি করিয়ে, তাদের সাথে শপিং না গিয়ে এখানে আসা। কথা হলো, সন্ধ্যার সময় একটা নির্দিষ্ট খাবার দোকানে দেখা করতে হবে।

আজ কিছু এলপি দেখা যাবে। আমি একটা দোকানের সামনের ফুটপাথে রাখা এলপি দেখছি। কালেকশন দেখে আমি অবাক হয়ে গেলাম। এগুলো রাস্তায় কী করছে? এই কালেকশন তো জাদুঘরে রাখার

মতো। এমন সময় আমার বয়েসি একটা ছেলে এগিয়ে এলো। আমাকে বলল, "দাদা, নির্দিষ্ট কিছু কি খুঁজছো?"

আমি বললাম, "সেভাবেও পাওয়া যাবে নাকি?"

"চেষ্টা করে দেখা যায়।"

আমি কয়েকটা নাম বললাম। ছেলেটি অল্প কয়েকটা অ্যালবাম দিতে পারল। কিন্তু আশ্চর্য ব্যাপার হলো, ওকে যেই নামই বলছি, সে কিছুটা হলেও সেই ব্যান্ড বা আর্টিস্ট সম্বন্ধে কোনো মন্তব্য করছে বা তার ইতিহাস বলে যাচ্ছে! আমাদের আড্ডা বেশ জমে গেল। সে বলল, "এগুলি বেশির ভাগই বাবার কালেকশন, তাই কমবেশি আমার শোনা হয়েছে।"

আমি হেসে বললাম, "কম না, ভাই, আমার মনে হয় একটু বেশিই।"

"দাদা, তুমিও কিন্তু কম যাচ্ছ না মাইরি।"

আমি দশটা এলপি নিলাম। মনে হল আমার কাছ থেকে দাম একটু বেশিই নিচ্ছে। কারণ সাধারণ এলপিগুলির দাম বেশি না, কিন্তু আমি যেগুলিই বের করছিলাম, তখনই সে বলে উঠছে, "এটার একটু দাম বেশি পড়বে দাদা, রেয়ার আইটেম।"

দাম যাই নিক, আমার কোনো কষ্ট লাগছে না। আসলে ছেলেটার সাথে কথা বলে আমি সত্যি অনেক আনন্দ পেয়েছি। অনেকটা আয়নার সামনে দাঁড়িয়ে কথা বলার মতো। আমার ইন্ডিয়া ট্যুরের বেস্ট এক্সপেরিয়েন্স।

একদম শেষে কুইন ব্যান্ডের সবকটা অ্যালবামের ক্যাসেট কিনে ফেললাম। কদিন আগেই ফ্রেডি মার্কারি মারা যায়, সব রি-রিলিজ হয়েছে। তাছাড়া বাইরের বেশ কিছু বড় বড় রেকর্ড কোম্পানির সাথে ইন্ডিয়ার কিছুদিন হল চুক্তি হয়েছে, ইন্ডিয়া থেকে এখন থেকে পুরনো-

নতুন সব অ্যালবামই বের হবে। ধীরে ধীরে সবই পাওয়া যাবে মনে হয়।

ইন্ডিয়াতে প্রায় একমাস থাকলাম। গোটা পঞ্চাশেক ক্যাসেট আর দশটা এলপি সঙ্গে নিয়ে দেশে ফিরে আসলাম।

২১

ঘরে পুরো ভলিউমে গান চলছে। আমার ক্যাসেট প্লেয়ারটা অনেক পুরনো হয়ে গেছে। এমনকি সোজা করে রেখে ক্যাসেট বসালে ফিতা পেঁচিয়ে যাওয়ার সম্ভবনা থেকে যায়। তাই প্লেয়ারটাকে শুইয়ে রেখে সাবধানে ক্যাসেট বসাতে হতো। এখানেই শেষ না, ক্যাসেট বসানোর পর কিছুদিন ধরে একটা স্ক্রুড্রাইভার সুকৌশলে ঢুকিয়ে দিতে হয় ক্যাসেটটির নিচের দিকে, তবেই শুধু গান শোনা যায়!

গিটারটা কেনার পর থেকে এখন এক নতুন অভ্যাস হয়েছে। গান শোনার সময় অবশ্যই গিটার হাতে থাকা চাই। কিছু মিলুক বা না মিলুক, যাই বাজছে তার সাথে বাজানো চাই।

লেড জ্যাপলিনের 'স্টেয়ারওয়ে টু হ্যাভেন' বাজছে ক্যাসেট প্লেয়ারে। মনির হাতে গিটার। এই কদিনেই ওর হাত বেশ ফ্রি হয়ে গেছে, বেশ কয়েকটা কর্ডও শিখে ফেলেছে। একটা বই পেয়েছিল ও, নাম 'রক গিটার বাইবেল'। সেই বইটা ফটোকপি করে আমরা নিয়ে বসেছি। এমন সময় সুমেল আর আরিফ এলো। সুমেল এসেই বলল, "দোস্ত, একটা গান ঠিক করছি।"

বলেই ও শুরু করে দিল, "মা ভাত দে, গাছের তলায় মুরগি বইসা আছে, মা ভাত দে।"

আমরা সবাই হাসতে হাসতে গড়িয়ে পড়ি। শুধু আরিফ বিরক্ত নিয়ে বলল, "এটা কিছু হলো?"

সুমেল বলল, "ব্যান্ডের নাম হবে, মাদার রাইস।"

বলে সে আরও উঁচু স্বরে শুরু করল, "মা ভাত দে...!"

মনিও গিটার ধরল। ঠিক এসময় আমার দরজায় ধাক্কা পড়ল।

"মিলন?"

উচ্চস্বরে বাবার আওয়াজ। বোঝাই যাচ্ছে উনি রেগে আছেন। আমরা ভেতরে সবাই আতঙ্কে পড়ে যাই। কিছু বোঝার আগেই সুমেল সোজা খাটের নিচে চলে গেল। মনিও একটু ইতস্তত করে সুমেলকে অনুসরণ করে খাটের নিচে ঢুকে গেল। আরিফ বোকার মতো দাঁড়িয়ে আছে। বোঝাই যাচ্ছে বড্ড ভয় পেয়ে গেছে সে। আমি বললাম, "তুই ভয় পাচ্ছিস কেন? যা, ওই আলনার পিছনে গিয়ে দাড়া।"

আরিফ আর কোনো কথা না বাড়িয়ে সোজা আলনার পেছনে চলে যায়। আমি ভয়ে ভয়ে দরজা খুলি।

বাবা সত্যি রেগে আছেন।

"এত জোরে গান শুনছো? আজান হচ্ছে সেটাও টের পাচ্ছ না।"

আমি আমতা আমতা করতে থাকি। তিনি কী একটা দেখলেন এমনভাবে বললেন, "ওটা কী?"

এই রে, বাবা বোধ হয় ওদের দেখে ফেলেছেন। বাবা বললেন, "গিটার নাকি?"

বাবার মুখে এই কথা শুনে আমার পিলে চমকে যায়। আমি হতাশ হয়ে দেখি গিটারটা বিছানার উপর পড়ে আছে। আমি মনে মনে চিন্তা করি; এই বুঝি আমার গিটারের ইতি ঘটলো। হতভাগারা যখন লুকালি, তখন গিটারটা নিয়ে খাটের তলায় ঢুকলি না কেন?

কিন্তু আশ্চর্য ব্যাপার, সে বিষয়ে কিছু না বলে বাবা আগের মতোই রেগে বললেন, "যাও, অজু করে নামাজ পড়, এক্ষুণি।"

এই বলে চলে গেলেন।

আমি হাঁফ ছেড়ে বাঁচি। আমার লুকানো বন্ধুদের উদ্দেশ্যে বললাম, "এটা একটা কাজ করলি তোরা? আব্বা গিটারটার কথা জেনে গেল।"

কে শোনে কার কথা। সবাই পড়িমরি করে বেরিয়েই চলে গেল। আরিফ তো নিজের স্যান্ডেলজোড়া হাতে নিয়েই দৌড়ে বেরিয়ে গেল। মনি শুধু বলল, "বিকেলে নোমানের বাসায় যাবি?"

আমি বললাম, "হ্যাঁ, যাওয়া যায়। আমাকে নিয়ে যাস।"

"আমি আজকে আর আসছি না, দোস্ত। যাওয়ার সময় জানালায় ইট ছুঁড়ে মারবো। তুই গেলে নেমে আসিস।"

আমি হাসি দিয়ে বললাম, "আমার আব্বাকে তোরা এত ভয় পাস কেন, সেটা ঠিক বুঝলাম না? আব্বা তোদেরকে কিছু বলেছে কখনও?"

২২

নব্য গিটারিস্টদের আড্ডা হয় নোমানের গ্রীন স্কয়ারের বাসার ছাদে। সবাই তখনও শিখছে। যে যার গিটার হাতে চলে আসতো সেখানে। গিটারে নতুন কে কী তুলল, তারই প্রতিযোগিতা চলত, অনেকটা লেসন প্র্যাকটিসের মতো। এমন একটা সময়ে নোমান একটা ইলেক্ট্রিক গিটার জোগাড় করে ফেলে, সবার মধ্যে সেটা বাজানোর জন্য আকর্ষণও কাজ করত।

আমি একদিন নোমানকে বললাম, "আচ্ছা, আমরা একটা গান রেকর্ড করতে পারি না?"

নোমান বলে, "হ্যাঁ, আমি তো আমার বাজানো সবসময় ক্যাসেটে রেকর্ড করি। পরে শোনার জন্য।"

আমি বললাম, "তাই নাকি? গান গাইলে সেটা সহ রেকর্ড হবে?"

"হ্যাঁ, হওয়ার তো কথা। আমার প্লেয়ারে একটা কম্পিউটারের মাইক ইন করে দিয়ে দেখি চল।"

"বিট সাউন্ড, তোর ইলেক্ট্রিক গিটার, সব একসাথে রেকর্ড হবে?"

নোমান একটু চিন্তা করে বলল, "হবে...চল, এখনি ট্রাই করি।"

নোমান ওর "আর এক্স" ক্যাসেট প্লেয়ারে কম্পিউটারের মাইক ইন করল।

আমি একটু উত্তেজিত হয়ে বলি, "চল, আমরাও একটা ব্যান্ড শুরু করে দেই।"

"কী নাম জানি বলছিলি ব্যান্ডের? চরম..." বলে হাসতে লাগলো নোমান।

আমি গম্ভীর হয়ে বললাম, “ক্রোমড্রিমার।”

*

গ্রীনস্কয়ার থেকে সন্ধ্যায় বাসায় ফিরে আসি। বাসার গেইটের কাছে মেজ আপা থমথমে মুখে দাঁড়িয়ে আছে। আমাকে আসতে দেখে বলল, “তোর জন্যই দাঁড়িয়ে আছি।”

আমি চিন্তিত হয়ে বলি, “কেন, কী হয়েছে?”

“একটু আগে আব্বা তোর রুমে গিয়েছে।”

আমি আঁতকে উঠে বলি, “গিটারটা ভেঙে ফেলছে?”

“জানি না। কিন্তু আমি দেখে আসছি আব্বা খাটের নিচ থেকে তোর গিটারটা বের করছে।”

“ইস! কেন যে গিটারটা নিয়ে গেলাম না...”

বলতে বলতে আমি ভয়ে ভয়ে নিজের ঘরের দিকে যাই।

ঘরে গিয়ে দেখি বাবা গিটারটা নিয়ে বসে আছেন। আমার জন্যই অপেক্ষা করছিলেন। আমাকে দেখে রাগ হয়েই বললেন, “এতক্ষণে বাসায় ফিরলে? সন্ধ্যা কখন হয়েছে? কোথায় ছিলে?”

আমি কোনো উত্তর দিলাম না। মনে মনে অপেক্ষা করছি কখন যেন তিনি গিটারটা ছুঁড়ে ফেলেন। বাবা গিটারটা এক হাতে উঠিয়ে ধরলেন। এই রে, এই বুঝি আছাড় দিলেন।

তারপর আমাকে অবাক করে দিয়ে গিটারটা এগিয়ে দিয়ে বললেন, “দেখি এটা বাজিয়ে শোনাও তো।”

আমি ঠিক বিশ্বাস করে উঠতে পারছিলাম না বাবার কথা। বাবা বললেন, "পারো কিছু? নাকি এমনি এমনি কিনেছ? তোমার আম্মা বলল তোমার নাকি গিটারের ভীষণ শখ।"

আমি কোনোমতে শুধু বলি, "শিখছি।"

গিটারটা হাতে নিলাম। মাথায় কিছুই কাজ করছে না। কোনো কর্ড বাজিয়ে রিদম করব, নাকি কোনো স্কেল শোনাব? এ-মাইনর কর্ড ব্রেকিং-টা নতুন শেখা হয়েছে, সেটা বাজাব নাকি? কিন্তু আমি কোনোটাই করে শোনাতে পারলাম না। হাতও একটু কাঁপছে নাকি?

বাবা কিছুক্ষণ অপেক্ষা করে উঠে দাঁড়ালেন। নরম সুরে বললেন, "কোনো কিছু ঠিকভাবে করতে হলে, কাউকে ভয় করলে চলবে না। বিশেষ করে বড় কাউকে। আর যখন কোনো কাজ করবে, সেটায় পূর্ণ মনোযোগ থাকা চাই। না হলে সে কাজ করার কোনো প্রয়োজনই নেই।"

আমি কিছুই বলতে পারলাম না। ঘর থেকে বের হবার আগে বাবা যোগ করলেন, "আবার লেখাপড়া বাদ দিয়ে এটা নিয়েই পড়ে থেকো না সবসময়। আগে লেখাপড়া।"

আমি সঙ্গে সঙ্গে বলে উঠলাম, "জি আচ্ছা।"

"এখন যাও, নামাজ পড়ে, পড়তে বসো..."

এমন সময় মা এসে ঢুকলেন। বোঝাই যাচ্ছে, তিনিও আমার সাধের গিটার নিয়ে চিন্তিত। মাকে দেখে বাবা বললেন, "তোমার ছেলের গিটার শুনতে এসেছিলাম। কিছুই তো শোনাতে পারল না।"

মা বললেন, "আহা, মাত্র তো শিখছে।"

"আচ্ছা, কিন্তু তুমি ওকে বলে দাও, লেখাপড়ার যদি কোনো ক্ষতি হয়, তাহলে কিন্তু আমি গিটারটা আছাড় দিয়ে ভেঙে ফেলব।"

আমি মনে মনে চিন্তা করি; আবার সেই কথা! আচ্ছা, সবাই কেন খালি আমার গিটারটাকেই ভেঙে ফেলতে চায়?

www.ingramcontent.com/pod-product-compliance
Lightning Source LLC
LaVergne TN
LVHW050944051026
849532LV00005B/1693
9798230027614